后浪

不确定宣言

2 本雅明在巴黎

[法] 费德里克·帕雅克——著

余中先——译

Frédéric Pajak

四川文艺出版社

目　录

"我们饮而无酒，眠而无床，
我们前往，我们来到，我们服从"

"你知道，我害怕辩护词，但你会看到，我不害怕宣言书。"
——雷兹枢机主教[1]，《回忆录》

　　诗人莱奥纳多·西尼斯加里[2]说过，没有人知道，时间究竟是在向我们而来，还是在离我们而去。我们应该任由自己在突现的时间里放任？为此疯狂？还是为即将消失的一切忧伤？

　　在威尼斯，最好是坐下来，坐在一片浅绿色的海上，阳光在海面闪烁不定如花瓣，坐在水上巴士的船尾，看着穆拉诺岛[3]渐渐隐去。

　　经过翠柏成林的圣米歇尔墓地时，我是不是已经听到了埃兹拉·庞德[4]的喊叫？得知他的名字镌刻在小树丛中，在新摆放的鲜花底下，真令人心碎。埃兹拉·庞德：我还会回来的。

　　重返威尼斯是痛苦的。它的浮夸使我们在这个时代蒙羞。我们游荡在它那一条条运河之间，在它那难以辨认的交叉走廊中，而就在那些走廊的尽头，会冷不丁地冒出一些风格简朴的、没有人影的小广场。威尼斯建造起来就是为惩罚未来时代的——这些时代就这样受到了惩罚。旅行者让位于游人，而游人则让位于观光客。我们将永远都不会成为旅行者。

　　然而，当我们躺在古老宫殿的天花板下的一张新床上，往昔便在一段短暂的时光中属于了我们。假如疯狂能疼爱我们，那我们就将是领主与主人。但是已经不再有什么疯狂了，不再有丝毫的魔法能藏在头发丝下，甚至连幻象都不再生成幻象了。

　　然而，夜幕降临时刻，在一座荒凉教堂的红色阴影中，一位大提琴手琴声如泣，令我们想到，那些遥远的日子也会突然来到我们面前。

　　历史戴着面具前行，而在面具的后面，只有我们自己，目光狂热，又露出微笑。这紧紧攫住我们的焦虑，究竟是什么呢？

　　我们害怕居住在这世界上，害怕会随着时间而流逝。在颜色发绿的侵蚀墙根的臭水中，我们的面容被倒映出来，胆怯得仿佛不敢碰触深底。我们伤害了我们自己，而让我们感觉如此疼痛的伤口，说到底，竟是那么肤浅。

我们哭泣，想用我们的眼泪来解渴。

　　我有过一个女朋友，对她来说，刚经历的一瞬，已然成为过去。本会发生的一切，瞬间已经发生，并立即在她心中激起苦涩的怀旧。说到刚刚过去的一天时，她总是说："你还记得吗？"她对灼人的往昔或者被烧焦的现今的追忆让我感到十分压抑。我们分手了。然后，我们又重新见面。生活的时间又一次停止了。只有一个办法：忘却所有回忆，记住未来。

　　这，就是灾难；这，就是幸福。灾难与幸福结伴而来，行走在历史的狭窄小径中，而人们的小小故事，则把历史跟风联系在一起。

　　在从斯特拉斯堡到巴黎的高速列车的酒吧车厢中，有两个年轻的罗马尼亚人，二十来岁的样子，还有两个俄罗斯人，六十来岁。检票员过来了，问道：

　　"罗马尼亚人吗？好的……瞧，他们竟然有车票！我可真不敢相信！"

　　他们过边境时衣兜里或许有那么几个欧元。

　　而那两个俄国人，他们胳膊肘撑在小桌板上，面对着车窗。他们就像是从一片无边无际的荒原的沼泽深底中冒出来的一样。活像两个化了装的淘气的老精灵：一个戴鸭舌帽，一个戴高礼帽，都穿着运动鞋，一个穿着伞兵的那种裤子，红色的连帽滑雪运动衣，另一个则穿着针织的高领套头衫，胸前的图案是一片森林，有蘑菇和桦树。他们打开了一瓶红葡萄酒，嘴对着瓶口喝，然后，又开了一瓶玫瑰红葡萄酒，一边喝酒，一边还吃着腊肠与奶酪。他们高声叫嚷，放声大笑。罗马尼亚人赶紧把脑袋埋在胸前，一声不吭。

　　在车窗玻璃的后面，我看着平坦的香槟平原一片死寂，冬季的田野荒凉萧瑟，只剩下一些小灌木还在那里支棱着干枯的细枝。巴黎快到了。两个罗马尼亚小伙子，两个可怜的俄罗斯老油子，将完全不知所措地去这光明之城讨生活，品味那潮湿的人行道，寻找不可能的幸福。幸福吗？这是求生的故事，碰运气的故事。一纸签证，一张车票，一个好伙伴，这便是历险！

　　当年，我的祖父就是这样跟他的兄弟一起出外闯荡的，他们从蒂黑出发，那是卡托维兹[5]附近的一个村镇。他们来到了法国的北方，在那里的煤矿干活。法兰西的一大片土地就是这样发展起来的，靠着强壮苦力的汗水，通过牺牲那些自愿牺牲的肺。但是，这两个人后来成为画家。他们刚刚攒够糊口的钱，就离开矿井，前往巴黎，随后又去了斯特拉斯堡，在那里，他们找到了绘画的小活计：在一些小旅店中画壁画，在电影院的墙面上画电影明星的巨大肖像。

　　然后，生活就吞噬了他们：糟糕的命运，物质的贫困，妥协，婚姻。他们有了孩子，孩子们在斯特拉斯堡长大。生活就这样在继续，可怜的生活，带着它小小的梦想，小小的欢乐。有东西能填饱肚子。有地方能栖身。有酒喝。

　　眼下，那两个俄罗斯人已经完全醉了。他们手指头上捏着几片鱼干，走近吧台。他们连一句法语都不会说，但他们固执地设法兜售他们手里的食品，想换几个欧元。酒保说不要。一个俄罗斯人就叫嚷起来，解开他的裤子扣，然后就坐回到他的同胞身边。他们不停地咳嗽，咳得很凶，很难听：一阵阵地清着喉咙，像是在吹喇叭。两个彻头彻尾的下层无产者，完全就如那两个罗马尼亚孩子，随时准备面对一切：既准备面对最糟的劳役，也准备冒险一试违法行为。他们嘟嘟囔囔地咒骂，又怒又笑。

　　另一些乘客出现了。这两个俄罗斯人跳着舞，手里还拎着酒瓶。或者不如说，是在蹒跚而行。他们的动作变得越来越粗鲁，表现出咄咄逼人的意味。所有人都生气了。酒保想通知列车长。"这又有什么用？"一个乘客反驳道。是的，这又有什么用？

　　下午过去了，乱糟糟的气氛一点儿都没有减弱。窗外的云彩像是在挤着彼此，为了洒点眼泪，这世界的水。天气晴朗。

　　列车很快就到巴黎火车东站了。东站，粗粗地修补并涂抹了泥灰后便焕然一新，还被一些糟糕的建筑师描画得花里胡哨。正是在这里，人类匆匆前来，挤在一起，迷惘不已，用他们缠绵的忧愁笼罩了大厅。这里有着太多的苦难，压迫着太少的幸福，使得陈旧的车站最终露出了微笑。小商小贩、迷路人、可怜虫、闲逛者、站哨的警察、全副武装的士兵、不耐烦的旅行者，整整一个小世界在候车大厅挤挤挨挨。巴黎永远开始于一个火车站。所有人都是通过这样的一个孔洞，或进来，或重又出去——所有的人，除了那些从空中飘来的幽灵，它们猛地涌入烟色玻璃的汽车中，为的是不被普通人看到，而它们也从来看不到普通人。

　　巴黎的每个火车站都有它自己的气味，它自己的胸脯，它的伤痕。那些到达者，一下火车就被驱向他们各自的街区：有的去穷人家，有的去富人家，有的去梦游者那里，那些渴望街道上摩肩接踵景象的想入非非者，天真无邪的恋爱者，巴黎很快就将令他们绝望。必须付出血的代价才能成为巴黎人，必须把血重新强咽下，才能离开城市及其遗迹。

在这里，一切都只是浮光掠影。每一条街都计数着它那些在诗歌、戏剧、历史的不幸名利场上死去的人。一个抵抗者死了。两个抵抗者死了。一千个抵抗者死了。德国人曾庆贺这些人的死去。而法国人则庆贺德国人的节日。而之前呢？有过起义者的呐喊，他们的歌唱和他们的幻灭。这样的一个巴黎已经不复存在。在这城里，曾有过一个已被人排除、被人从地图上抹去的城市。巴黎有了一些新的居民。他们吞食城市的肉，直到平民街区的最后一口。

　　贪婪的机械铲斗和带尖爪的塔吊最终把一切全都糟蹋，一劳永逸。正在前来的世界并没有准备好建造一个世界，人类成了配件。

宠儿的糖果、

餐馆的餐巾，

以及塞纳河上的平底船

  在巴黎，如同在所有的大城市一样，人们不得不彼此对视。不是说彼此聆听，是彼此对视，彼此观察，彼此凝视。

  瓦尔特·本雅明引用了格奥尔格·西美尔[6]在《相对主义哲学杂集》中的话："在公共马车、铁路、有轨电车于 19 世纪获得发展之前，人们根本就没有机会能够或应该在好几分钟甚至好几个钟头期间对视而不开口对话。"

　　在公共交通工具中，但同样也在街道上和咖啡馆中，一切仅仅限于目光的交换，只不过有的持久，有的简短。人们对视，直至"掉转目光"。人们或是对视，或是不对视，不仅出于不信任，出于害怕，或者出于厌恶，或许还因为，在冷不丁瞥去的第一道目光中，一切都与我们作对。

　　本雅明注意到，人们彼此之间在观察，在辨认身份：是债务人还是债权人，是买家还是卖家，是雇主还是雇员。尤其，他们知道他们都是"竞争者"。

　　他还说，报刊专栏作家阿尔弗雷德·德尔沃"声称能够轻易地分析各个不同层面的巴黎公众，就跟地质学家在岩石剖面上分辨出各个地质层一样容易"。

　　布尔乔亚、手艺匠、工人、流浪者、上流社会女子、妓女、年轻人、老人——巴黎的街道是给所有的男人和女人的。罪犯与警察都在街上并肩而行。他们走失在光线阴暗的迷宫般的小街巷中。即便是1859年之后，奥斯曼男爵[7]把整个巴黎彻底改变，拆掉古老的平民街区，在那里修建一条条林荫大道与宽阔的大马路，这个迷宫城市还是存活了下来，并构成一个真正犯罪地的背景。

　　本雅明证实了，人群——他把他们叫作"大众"——往往会保护罪人并阻挡追捕者。侦探小说正是诞生于这一背景和这一人群。

　　警察并不仅仅出现在文学中，他们还渗入城市的一堵堵围墙之间，而且首先是在拿破仑时代。他们强制给房屋编了号，而之前，房屋通常带有自己的一个名称。这样做是为了方便控制城市，为了分片掌控这拥挤、骚动、无法预料的星云。

　　随着电影技术的出现，摄影机很快也就成为监视的工具。

　　1911 年，弗兰茨·卡夫卡居住在巴黎。他坐地铁，从蒙帕纳斯前往林荫大道。一开始，他被地铁的声音吓坏了，但是感受到的速度让他很快平静下来。他很开心地念着地铁中的广告语 "Du bo, du bon, Dubonnet"[8]，这是特地为那些忧伤而又无所事事的旅客做的广告。缓慢地走在地下走廊中时，他更好地观察着 "乘客们那假模假式的无动于衷"。他还注意到，实在没有什么好说的，无论是在售票处，还是在上车下车时，"语言发现自己被消灭了"。

　　整个城市"被划分为一个个横格"："又高又细的烟囱从平平的烟囱发展而来，
所有那些小烟囱都具有一个花盆的形状，老旧的煤气路灯过度沉默，郊区房屋的
外墙上，百叶窗窗格上堆着污垢的条痕，而屋顶上的细栏杆……"

　　巴黎令他疲惫，击垮了他。要治愈这倦怠，只有一个药方：离开巴黎。但是，
幸运的是，这里还有石榴苏打水可喝，当你大笑的时候，苏打水会随着逆嗝冲上
鼻子来。至于巴黎的糕点，是"糟糕的海绵状的糕点"。

　　1913 年 5 月 9 日，本雅明从柏林来，在巴黎下车，准备跟两个伙伴一起，第一次小住两周。他二十一岁。三个人一起下榻于圣拉扎尔火车站附近的伯尔尼旅馆。

　　上午，他们去参观凡尔赛宫、枫丹白露宫、卢浮宫——在那里，本雅明"被撕裂"在葛雷柯[9]所画的斐迪南一世的肖像画面前，这是一幅"忧伤而又悲怆"的肖像画；下午，他们就在大街小巷中闲逛，去看教堂，或者泡咖啡馆；晚上，他们去剧院看戏；夜里，他们继续在咖啡馆流连忘返。

　　这座城市对本雅明是一种魅惑：一家家商店，一个个五光十色的招牌，一群群人。至于滨河道，按照诗人雷翁－保尔·法尔格[10]的说法，它们构成了"一个唯一的国度，蜿蜒伸展，像是某种曲折的绸带，某种想象中的小小半岛，仿佛出自某个迷人生命体的想象力"。

　　跟柏林完全不可同日而语：在巴黎，一切都只是生活的旋涡，在这一旋涡中，"一座座房屋仿佛不是为了让人们居住的，而是让人们从中经过的石头帷幕"。

　　本雅明十分赞赏舞女的朴实无华。他喜欢优雅女子的梳妆打扮，也毫不掩饰对妓女的兴趣。他的第一次性经验就是从大街上认识的一个姑娘那里获得的。

　　正是为了摆脱他母亲的控制——并且摆脱她的社会阶层——他才转向了那些欢乐女郎，他毫不犹豫地在大街上跟她们搭讪："有时候，一大清早，当我在某个能通马车的宽敞大门口停下来时，我无奈地被大街的沥青枷锁绊住腿，而来解救我的就不是那些最干净的手了。"

  在大街上勾搭妓女时，他体验到一种"几乎无与伦比"的刺激。他说："人们可以随便带上床的，就数书籍和妓女了。"

  一年之后，战争就将爆发。在巴黎小住的鲁德亚德·吉卜林[11]见趿拉着旧鞋、披头散发、唠唠叨叨的大嫂们为法国大兵盛菜汤，梦想着看到在一座桥上竖立起一座名为"坚持到底的母亲或不该发愁女士"的巨大雕像。在两场战争之后，会来第三场。它会有一个名字叫和平，它会摧毁巴黎，会完成甚至连军队都无法完成的事，而且不受处罚。

在夜里

  1926 年，瑞士德语作家路德维希·霍尔[12]二十二岁。他整整一年都住在巴黎。他很有条理地对巴黎的街道做了探索——"为了了解巴黎，我为自己创造了这样一种必须遵守的最低程度的约束，把它全部二十个区都一一转上一圈"。

  他沉醉于咖啡馆，每天夜里都闲逛，一直走到凌晨。睡觉一醒来，他就记笔记，这些笔记后来构成一部叫作《子夜社会》的日记作品。后来，他最终成了作家，还有诗人——"当然啦，世界上存有很多的污浊，诗人应该看到它们，但是，要小心那些对人类失去了最深切信仰的诗人！"

　　霍尔住在巴黎的布雷阿街，属于第六区，靠近第十四区。他经常光顾街区的那些咖啡馆：圆穹咖啡馆、菁英咖啡馆、圆亭咖啡馆。他在那里认识了一些艺术家，如毕加索、贾科梅蒂、苏丁[13]，以及超现实主义派的艺术家。另外还有作家：布莱兹·桑德拉尔、弗兰茨·海塞尔、约瑟夫·罗斯、克劳斯·曼[14]、瓦尔特·本雅明。但他从来就没有提到他们。他只跟他的同胞一起转悠：一个叫布洛姆，一个叫穆勒。

　　他最偏爱的街区，是中央菜市场街区，每当夜晚与清晨的颜色交相混杂之际——"或许这就是人们在整个巴黎能捕捉到的最有力度的画面"。

　　尽管集市嘈杂，给他留下最强烈印象的，却是笼罩着那里的"深沉的寂静"，"中央菜市场在最活跃的时间点上，依然是平静的，而不是喧闹的。没有惊人的爆裂声，没有大声的喊叫，呢绒般无边无际的黑暗吞噬了所有的生硬粗糙。留下来的只有巨大形状的缓慢运动，提供了蚁窝般涌动的千面形象，然而又是简单而宁静的。即便连静悄悄的笑声在这里也都如在自己的家园中一般自在，那些为自己工作的力大无比的男人和女人，当他们回到自己的家园中，会匆匆地彼此开玩笑"。

　　夜里，布洛姆、穆勒和他时常会去那里尽情大吃炸薯条和烤肉肠，那个流动摊点的厨师神情举止像卖烤栗子的小商贩。可吃的还有血肠、腊肉、新鲜烤肉、番薯和大面包。"无限多样化的生活已经在我们所穿越的那些狭窄的小街上攒动不已，成百上千的轻佻女郎和平凡乏味的劳动者拥挤在人行道上……"

　　肉店老板用开水浸烫着小牛脑袋。突然，他发现了一个老年妇女："许多有毒的激情依然还在她脸上颤动。"

　　穷苦人和商人以及顾客并肩而行："这里，有着数量最多的失落的乞丐，然而，这个街区依然还是全巴黎最卫生的街区……"

　　至于中央菜市场的高台，他还说，它"独自就是一个完整的世界，一片褐色，带有英雄色彩"。

　　在巴黎的各处，他观察着"那些伤心的灵魂"，那些苦难的人——"在卢森堡公园，我看到过一个身穿黑色长裙的瘦女子在游荡，脸色如雪一般苍白，显出一种无法形容的半是愚蠢、半是困惑的状态"。

　　在菁英咖啡馆，一些姑娘喝得酩酊大醉，丑态百出。人们激烈争论着政治问题，人们碰倒了桌子上的酒杯，人们寻衅斗殴，大打出手。这都是家常便饭。霍尔本人并不轻视论战，尤其在谈论艺术问题时。说到他的一个对话者时，他说此人"那张脸根本就不是一张脸，而是一盘摊鸡蛋"，还说他就像"一只飞舞的蟑螂在对巴黎圣母院品头论足"。

　　他从丁香门开始走起，穿越了整个第二十区。沿着整整的一条旧城墙，他发现整个一片城区呈现出一种非常奇特的面貌：它并不是由坚硬的砖石房屋所构成的，而是由一些大车，但它们不比住宅逊色多少，它们甚至就是人类的住宅本身。

　　那里有很多孩子。他们穿着褪了色的破衣烂衫。他们大呼小叫，在垃圾堆里扒来扒去，东翻西找。人们简直分不清他们与跟他们一起玩耍的狗。

　　在美丽城[15]大街上，布洛姆和穆勒想找个地方吃点东西。他们便开始寻找尽可能便宜的餐馆。他们找到了一家，模样显得格外寒碜。店名叫作炸食铺："在一个很小很小的、空空如也的房间里，摆着两张很脏的长桌子；三个小老百姓样子的男人，甚至可说是一点儿都不起眼，坐在第一张桌子前，于是，我们就坐到了第二张桌子前的一条长椅子上。两个女人也待在这个房间里，四十来岁，脸孔干瘪，尤其是其中的一个，几乎都脱了形……"然而，"在她们疲惫不堪的脸上，依然呈现出未损毁的美好东西"。

　　经由塞吕里耶林荫大道，他们探索了第十九区，发现了好几群绵羊，正在走向屠宰场："好几百只美丽而又高贵的羔羊，真是一个很动人的幻象。"

　　已经是上午十点钟了。维莱特门附近，他们走进一家咖啡馆："一个荒凉的角落，令人讨厌，但并不可怜，它花里胡哨，华而不实，一些屠夫，胖大，粗野，就在屠宰场街区附近，整个巴黎城中，这算是圣米歇尔林荫大道之外最令人不舒服的角落了。"

然后，维莱特运河的一座桥上，"在我们的头顶上，一轮太阳在笑着，我还从来没有在巴黎见过这样的景象，而在我们面前，展现出一派最最灿烂辉煌的景象：水面、驳船、货栈、码头、房屋、人群……"

另一个傍晚，在肖蒙高丘，刮过"一阵可憎的风"。

在蒙马特高地，他们走进了一条狭窄而又阴暗的小巷。霍尔想吓唬穆勒一下，就对他说，这里每星期大概会发生五起凶杀案。至于下一条小街，则叫作"死神街"，这可不是随便叫叫而已。再远一些，则是烧炭场街，那是妓女们神出鬼没的地方——"当然，还不至于有成百上千，但是，肯定是有一大帮的"。

有时候，霍尔喝得酩酊大醉之后，走得实在累了，会觉得巴黎"无聊得很"——"但是，再无聊的巴黎毕竟还是巴黎"。

让他觉得最烦人的，还是他父母亲声称不久后会来一趟巴黎，让他找一个住的地方。"要知道，我真的不想跟我的家庭再有什么关系，这难道不就是迫使我逃离瑞士的根本原因之一吗？"怎么办呢？他思考再三，决定立即离开巴黎。为避开他父母，他游历了丰特奈玫瑰镇、苏城、罗宾孙镇[16]，直到他父母返回老家，他把他的父母称为"牧师帮"。

霍尔很憎恨旅游者，尤其是瑞士游客："瑞士混蛋。"他反复骂道。一些如此衣冠楚楚的先生，行为举止活像是当地的主人，活像"一些动物"。他们享受着法国法郎大贬值带来的好处，由此能够大手大脚地花钱。"可怜的法兰西，"他叹息道，"她就像是一个活生生的肉体正在被千万条蛀虫所噬。"

他把自己比作一个移民。在他眼里，从一个知识分子的角度来看，没有什么比一个瑞士人还要留在瑞士更糟糕的了。阿尔贝托·贾科梅蒂、瓦尔兰、布莱兹·桑德拉尔、马塞尔·彭赛、夏尔·费迪南·拉缪、保尔·布德利[17]：他们人数众多，瑞士人，在巴黎碰他们的运气，除了贾科梅蒂和桑德拉尔，他们都将以失败告终。路德维希·霍尔也一样，他最终的日子将会在日内瓦的一个地窖深处度过。

仅仅只有一次，他提到了阿尔贝托这个名字，那是在菁英咖啡馆，倚在吧台前喝着酒，一副疲惫的神态。说的是贾科梅蒂吗？

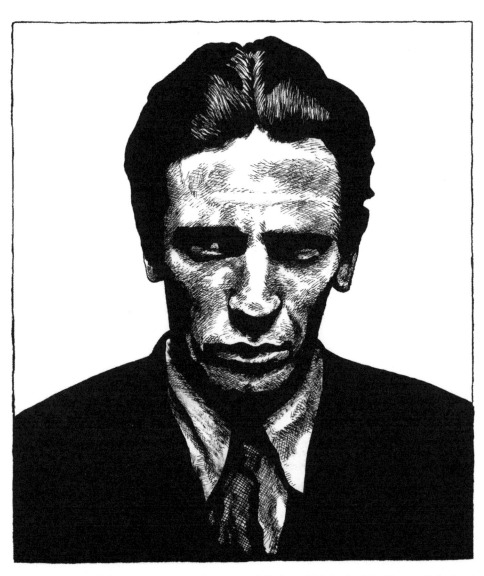

　　霍尔前往警察局，为了办理身份证。他带齐了所有规定的材料，一份住房证明，一份工作许可证，他的瑞士护照，五张照片，还有六十五法郎。候见厅很宽敞。前去申请证件的人很多："一些女佣，一些马夫，一些身上脏兮兮的失业者，一些面色苍白的大学生，一些肥胖的女人，有那么几个穿戴得还算得体，所有人都挤在一起，困在人群中，有的人表现出一种可怕的厌烦神态，另外的人则显出一种毫无表情的严肃模样。"

　　在一家咖啡馆里，他观察两个农民，那是一男一女，看样子才刚刚来到巴黎，大概是从俄国的某个荒凉地区而来。那农夫对他的妻子说："这里简直就是天堂！"而她则回答说："是的，这里真的就像天堂。"

　　当霍尔跟布洛姆以及穆勒一起喝酒时，首先会喝上一瓶罗讷河谷坡地产的葡萄酒，"它有着一种强大的力量，味道精美"，然后第二瓶，第三瓶，第四瓶，然后第五瓶。他们也并不只是喝罗讷河谷坡地葡萄酒：在圣马丁门，红葡萄酒是清亮的和酸涩的，而在圣德尼门，它就变得更为阴沉深暗了[18]。

　　在儒安维尔－勒－蓬镇[19]，他们坐在一家咖啡馆的露天座上，愣愣地眺望着"星期日下午逼人的拮据生活"。

　　霍尔一个人独自前往第四区的底层街区。在塞纳河的滨河道上，他看到贫苦的乌合之众，穿得破衣烂衫，吃着，喝着，打瞌睡。有男人也有女人。一个理发匠待在那里，带着他的肥皂和剃刀——"他把河岸当作桌子，石头台阶当作扶手椅，而塞纳河则成了水盆。他用粉末来干燥，用抹布当作消毒的万能工具"。

在穆夫塔街周围，老拉丁区的中心尤其破烂不堪。楼房歪歪扭扭的，像是马上就要倒塌。小商小贩卖着五花八门的食物，还有质量糟糕的衣物。"这一街区的人们贫穷而又忧伤，只想穿黑颜色的衣服。"

更远处，在先贤祠和圣米歇尔林荫大道那边，则活动着另外一些人，其中大多数是大学生。

　　更远处，朝南的方向，则是健康街和冰库街，以及把这两条街连接起来的另一些小街小巷。那些街巷是崭新的，也是更穷困的："这里的小房屋是如此低矮，以至于会使人认为房门倒要比墙更高，一些房屋很像是装食品的木条箱或者是养兔子的笼子，里面全都有人居住，屋顶上袅袅升起的炊烟以及在附近玩耍的脏兮兮的孩子们证实了这一点。"

　　在一个平静而又乏味的日子里，霍尔被周围的气氛深深触动："巴黎的空气可怕地变得很不卫生，偏头疼在脑袋中肆虐，整个的生活环境是如此令人不适，令人麻木迟钝，连最小的店铺都关张了，然后，又一天来到，人们都认定天气是那么美好，而实际上它却是更可怕，因为比起所有那些风风雨雨来，春季里不太流通的空气往往更不卫生。"

引　导

　　1926 年，本雅明三十四岁。在清早五点钟从柏林出发驶向巴黎的火车上，他正跟一个西班牙人、一个埃及人和一个德国柏林人玩着扑克牌。

　　到达巴黎后，他受到了他的朋友弗兰茨·海塞尔的迎接，他当时正准备跟海塞尔一起翻译马塞尔·普鲁斯特的《在少女们身旁》[20]。白天的工作开始得很早，但是，到了晚上，他们就在街上闲逛，在咖啡馆里读报聊天，逗留到很晚。一开始，巴黎对他十分适合，就像"一只戴在手上的手套"。他发现了地铁、公共汽车、出租车、戏剧，还有独立艺术家沙龙。

　　他沿着塞纳河的滨河街闲逛，惊讶于旧书商们贩卖的平庸图书数量之多。另外，他也经常光顾拍卖行，见证过不少场图书拍卖："正因为我买的书很少很少，我在那里才学到很多很多。"他还尽情地浏览种种集市：火腿市场、铁器市场、香料面包市场。

　　在圆穹咖啡馆，他注意到不少俄国人在场，他们形成了巴黎的一种新波希米亚人。

在他们当中，有一些居住在第十五区腹地丹齐格拱廊街"蜂巢"[21]中的画家和雕塑家：苏丁、克里曼尼、爱泼斯坦、基柯因、纳勒瓦[22]。此外，还有住在十四区以及其他地方的艺术家：沙娜·奥尔洛夫、奥尔佳·萨夏洛夫、奥斯卡·米耶兹沙尼诺夫[23]。他跟他们住在同一街区，就在蒙苏里公园大道的南方旅馆，但来往很少。如果说他很喜爱蒙帕纳斯的那些咖啡馆，那么，他同样也不轻视蒙马特那一带狭窄的酒吧间与跳舞厅。他在那里吃饭，喝酒，一直消磨到凌晨四点。

海塞尔和坦科玛·冯·明希豪森[24]带着他认识了一些热爱德国文化的人士，其中包括居伊·德·普尔塔莱斯[25]——此人刚刚出版了一部《弗兰茨·李斯特的一生》，并马上将出版《尼采在意大利》和《瓦格纳，一个艺术家的故事》。东道主的沙龙中"满是孤单的女士与先生，他们就像是只有在普鲁斯特的书中才能找到的满脸写着人生不如意的主人公"。

为了能参与到巴黎的生活中，他去上了专门的法语会话课程，会话对象是高等师范学校的一个很有教养的年轻人。

当他穿越协和广场，细细打量着上面镌刻有好几个世纪之前文字的方尖碑时，他注意到，从来没有人或者几乎没有人能够破译上面的文字。方尖碑就竖立在雄伟的广场上，它"调节着某种以种种声音把他紧裹的精神流通，而它所记载的铭文却对任何人都没有用处"。

他参观了卢浮宫和其他一些博物馆："漫步于绘画展览中的人们的表情，显示出对以下事实的一种难以掩饰的失望，即挂在那里的只有油画作品。"

面对着构成为巴黎外号"光明之城"的广告招牌，他保持着一种怀疑的态度："究竟是什么最终使得广告达到了远远高于批评的这一高度？并不是红色霓虹灯的字母所说出的意思，而是柏油路面上反射出来的一片水洼般的火红灯光。"

很长时间以来，本雅明一直为不能够在一个大城市中走对方向，不能够辨别东南西北而痛苦。然而，这时候，他反而把这一无能当作美德，学着在街道中迷茫地乱走，就像走在森林中那样。是巴黎城为他展示了这种

"迷路的艺术"。

他把他的漫步比作他画在学生练习本吸水纸上迷宫的踪迹，让自己化身为忒修斯，迷失在牛头怪物弥诺陶洛斯的迷宫中[26]。那个弥诺陶洛斯有三个脑袋："竖琴街上小小妓院中寄宿客人的脑袋。"

最终，如果说，巴黎的街道像是一团理不清的乱麻，真正的迷宫还是被隐藏了起来。它就在地底下。他奔走在城市的地下，穿越地铁网的长长走廊，而无数的地铁口则像是一口口"深井"。

但是，城市对于他已经有了另一副面貌。它是"塞纳河蜿蜒流过其间的一座图书馆的宽敞阅览室。这座城市的纪念性建筑没有一处不启迪一部杰作的"。巴黎让他激动万分，至少他愿意这样相信。然而他也坦承，"最近的几个星期，我都在可怕的抑郁中度过"。他跟巴黎人的关系既不太好，也不太坏："要跟一个法国人建立起一种能超过一刻钟会话时间的关系，那应该是极其罕见的。"

他对茹拉·拉兹[27]承认："我在这里学到了对孤独的渴望，仿佛我从来就不曾在生活中见识过什么是孤独。"

他在巴黎的生活费用"只有在柏林的一半或者三分之一"。出版商罗霍特[28]为他的翻译工作每月付他一笔津贴。《文学世界》和《法兰克福汇报》定期请他写文章。这些工作，为他保证了体面的收入，同时也把他跟柏林紧紧地拴在了一起——或许稍稍也妨碍了他跟巴黎社会的交流。他跟德国连接的脐带没有被剪断。

他参加了超现实主义者的一次私人晚会，那是在蒙马特的一个小剧院中举行的。"很可悲。"他总结道。可以猜想，他认识了某几个超现实主义者，其中包括安德烈·布勒东[29]，但他对这一点什么都没有说。他写给布勒东的信件都已经找不到了。

"你可爱的嘴唇将吮吸我的生命"

　　1926年，安德烈·布勒东三十岁。这是个结了婚的男人，或许他对西蒙娜已经感到厌烦，他娶她已是五年前的事了。他现在爱上了另一个年轻女郎丽丝·梅耶。她有些受宠若惊，但丝毫不给他机会[30]。

　　巴黎，10 月 4 日。"在那样一个无所事事、万分沉闷的下午的末尾"，布勒东溜达在拉法耶特街上，然后，就在 120 号的门前[31] 停下来一小会儿，面对着《人道报》书店的书架——这书店如今已不复存在。他朝歌剧院方向走去，穿过了圣文森特 – 德 – 保罗教堂对面的十字路口，然后就遇上了一个"衣着非常寒酸的"年轻女郎。

　　她有一双美丽的眼睛，"蕨菜般的眼睛"，他后来这样说道。他毫不犹疑地
跟她搭讪起来。她冲他微笑，相当地神秘，足以让一首爱情田园诗得以开篇。他
们走了一段路，一直走到火车北站附近一家咖啡馆的露天座。她对他讲了之前跟
一个大学生的恋情，那是在里尔，她就是从那里来的。在离开那个小伙子一年之
后，她很偶然地又在巴黎的一条街上巧遇了他。这时候，她才惊恐地发现他的双
手严重变形，最外边的两根手指居然粘连在一起无法分开。她以前从来没有注意
过这一点，或许因为恋爱而盲目。那小伙子当时怒火冲天，大声叫嚷道："格里布
依！……"

　　格里布依[32]？难道就是那个为躲避雨水而纵身跃入水中的格里布依？就是那个为摆脱小灾小难而投身于大灾大难的蠢人吗？

　　后来，在六十年代，有一个年轻的女歌手也起了这么个艺名，她本来的名字叫玛丽－法兰丝·盖泰[33]。从青少年时代起，她就在里昂的一家叫维纳提耶的精神病院治疗。她曾这样唱道：

　　　　我希望有个童年／带着最美的怀念

　　　　或者几无重要性／没围墙也没客厅

十九岁时，格里布依北上来到巴黎。一个过路人注意到了她，被她雌雄同体的身材所吸引。他名叫让·科克托[34]。他鼓励她去一些酒吧歌舞厅从事演艺活动。她后来录制了三十来首歌曲，就录在 45 转的胶质唱片上。1968 年 1 月 18 日，她在绝望之中自杀，年仅二十七岁。她的那些歌曲，从来都不怎么有名，却不能不说是令人绝望的：它们就是绝望本身。

> 我将在明天死去 / 于火车站的立柱
> 被一列火车枪毙 / 在黑铁轨的田地

　　就在咖啡馆的露天座上，布勒东和那位年轻姑娘举起了酒杯——也许那是一杯柑橘黑加仑酒，因为，曾经有一段时间，也就是在布勒东点上一杯柑橘黑加仑酒的那个时期，所有跟他一起同桌喝酒的人都应该会喝上一杯柑橘黑加仑酒。谁若是喝一杯柠檬水，就会被当作一个"猪猡"，让·佛兰[35]在他的《杂记》中就是这样记载的。再后来，他们就习惯喝苦橙皮柑香酒了。佛兰还这样说布勒东："在他的脸上，带有傲慢、虚荣、智慧的表情，保留了一种沙龙的行为举止。"他还注意到，咖啡馆的伙计们为他穿上外套时，"就像是给一个布尔乔亚穿衣"。

年轻姑娘说了她的名字，或者不如说是她为自己选取的名字：娜嘉，"在俄语[36]里，它是希望一词的最开头，因为它也仅仅只是个开头"。她真正的名字，是莱奥娜、卡米叶或季丝兰娜。

娜嘉二十四岁。她金发，纤弱。她的眼圈颜色很黑，目光中混杂了悲伤与骄傲。她很穷，无所事事，但她走路时目光朝天，因为她想"多多少少活出一点儿不朽来"。他向她做了自我介绍。他已经是一个名人，出版了好几本书，其中包括《超现实主义宣言》。

　　一年以来，他一直担任《超现实主义革命》杂志的主编。他被人们认为是一个绝不妥协的人物，生来便是一本正经，常常体现出宗派主义，但始终具有"一种精致的彬彬有礼"。

　　当保尔·艾吕雅[37]问他："您有朋友吗？"他这样回答说："没有，亲爱的朋友。"

　　布勒东为自己的文人身份辩护："您应该很明白，文学是会走向一切的最忧伤道路之一。"

　　毕竟，作为文人，他想履行一种使命，一种作为想象力、"梦想的万能力量""思想的忘我游戏"的代言人的使命。但是他同样也想承担一种社会的使命。他想当一个革命者，立即投身"为革命服务之中"，因为他感觉自己跟共产主义思想很亲近。

　　当他观察大街上的人们时，他毫不掩饰他的轻蔑：人群，在他看来，是并不准备干革命的。二十年之后，他将这样写道："最简单的超现实主义行为就在于，手里握着短枪，走到大街上，只要可以，就随便在人群中开枪。"

　　娜嘉不同意他的观点。她觉得，在地铁中，"有一些很正直的人"。他听了感到不快。在他看来，人们只有在反抗的时候才是正直的："正直的人，您会说，是的，正直的，就像那些在战争中英勇死去的人[38]，不是吗？"

　　他有些激愤。然而，他们还是继续着漫步，走在波堡普瓦索尼街上，一直走到他必须跟她告别然后回家吃饭的时刻。"结婚了！哦！那么……"她高声说道，不再生气。她以一种严肃的语气，警告他说，他会看不到他将走向的那颗星星，他将永远都不能像她那样看见它："就像一朵没有心的花儿的心。"

　　他走了，并没有忘记向她提出一个让他心中直痒痒的问题："您是什么人？"
她给了这样的回答："我是游荡的灵魂。"

　　他受到了诱惑，尽管稍稍有些迷惘不解，他还是建议，他们第二天在拉法耶
特街和波堡普瓦索尼街拐角上的一家酒吧再见面。

　　10月5日。她前来赴约，穿戴得相当优雅，黑与红配色的衣服。她戴了一顶
漂亮的帽子，穿了一双很得体的皮鞋，还有长筒丝袜。这一次，她精心地梳理了
她那"燕麦色的头发"。

　　10月6日。他们又在波堡普瓦索尼街的新法兰西酒吧那里见面。他先到了，就在肖塞－昂坦街的人行道上溜达。突然，他出现在她面前，但她似乎要躲开他。她像是有些冷漠，也没有什么明显的理由。他请她进了最近的一家咖啡馆。她的猜疑有增无减。"也许她想象我是在撒谎？"他心里说。他们都有些尴尬。他最终建议送她回家，那是在谢罗瓦街上的一家旅馆，就靠近巴蒂尼奥尔林荫大道。路上，她终于放下了戒心，为他送上双唇。

当会话继续下去时，她谈到了《可溶解的鱼儿》[39]，那是布勒东两年之前出版的一个作品，它为《超现实主义宣言》画上了一个句号。

撒旦对人物埃莱娜说："您瞧，在这些先生和这些女士的头上，您看到了圣路易岛了吗？诗人的小小房间就是在那里。"——"真的吗？"她反问道。

然后，马克对撒旦说："我究竟在哪里？三千世界，都有可能啊！火车头跑得真叫快啊：一天是假的，一天是真的！"

最后，撒旦总结道："把永恒写成瞬间的唯一诗歌，对这一点，我并不绝望……"

　　娜嘉想前往圣路易岛，诗歌的场景就发生在那里，但是，她昏头昏脑地迷失了方向，结果两个人来到了西岱岛上，就在司法宫的后面，就在小小的王太子广场上，它在布勒东的眼中成了"巴黎最糟糕的空旷地带之一"。很久之后，他写道，面对着这个小广场，他很难不觉得自己像是被掐住了喉咙，因为，这广场以其"锐角三角形的且又呈曲线的形状"，还有它那条"把它平分为两个绿化空间的缝隙"，再现了"巴黎的性器官"。

　　摆渡人小岛和犹太人小岛因新桥的建造而连成了一体。曾经把它们跟西岱岛分开的塞纳河支流后来被填实，成为现今的小小广场。人们把它叫作王太子广场，为的是庆贺王太子，即后来的国王路易十三六岁的生日。

　　怀旧情深的布勒东后来还说，"在夏日傍晚的广场上迷路的一对人儿欲念更加浓烈，他们成为一座爆发的火山的玩物"。

　　他们在一个露天咖啡桌前坐下。一个醉鬼不断地来打扰他们。根本就无法让他闭嘴。

在上甜品的时刻，突然，娜嘉坚信有一条长长的地下通道就在她的脚底下穿过，围绕着亨利四世旅馆，一直通向司法宫。然后，她用手指头指着旅馆对面那个楼房的一个黑洞洞的窗户，说："瞧仔细了。再过一分钟，它就会亮起灯来。那将是红色的灯光。"果不其然，窗户亮了，映照了红色的窗帘。

现在，娜嘉高声叫喊："多么恐怖啊！你看到树林中发生了什么吗？蓝色，还有风，蓝色的风……"这就够了。布勒东带着她走在滨河街上。她浑身发抖。来到卢浮宫跟前时，她突然看到一只手在河面上掠过："这只手，这只塞纳河上的手，为什么这只手在水面上燃烧？"

他们依然在夜色中前行，然后在杜伊勒里花园中坐下，最后落脚在了圣奥诺雷街的一家酒吧中。酒吧就叫作王太子酒吧——要知道，他们恰恰是从王太子广场来的啊！实在太过分了。他们说好要等到第三天才再见面。

第二天，是10月7日。布勒东脑袋疼得厉害。娜嘉的形象死死地萦绕在了他的脑际。他爱她吗？这属于哪一种爱呢？"假如我看不见她的话，我又会怎么办呢？我是不是就再也见不到她了呢？"但是，猛一下，他希望她就在那里，希望她就出现在圣乔治街的拐角，离他家很近很近——而他就住在封代纳街上。突然间，她还真的就经过了那里，纤弱的身影消失在行人中间。他赶紧跟上她，把她带到一家咖啡馆。她对他说，不久之前，为了还债，她被迫接受去海牙带两公斤可卡因过来。回来途中，下火车的时候，她被警方带走审讯，后来，在一个颇有影响力的朋友的斡旋下，才好不容易获得了释放。

布勒东被她的讲述感动了，给了她一点点钱，让她买吃的和付清房费，得以活下来。他为"轻盈与热情的这可爱的混杂"而感到激动。当他带着一种敬意亲吻她漂亮的牙齿时，她说她感受到这一亲吻就如一种神圣的行为，一种领受圣餐礼，在其中，她的牙齿代替了圣餐饼。

10月8日。他收到了路易·阿拉贡[40]寄自意大利的一封信。信中附了乌切洛[41]的一幅绘画作品细节的复制图，这幅画的名称是《亵渎圣餐》。

　　10月9日。他把自己答应给的钱给了她。稍不留神，他多算了钱，是原先的三倍。她哭了。

　　10月10日。他们在马拉盖滨河街的一家餐馆中吃晚餐。为他们服侍的侍应生表现得极端笨拙。在整个晚餐期间，他一共摔碎了十一个盘子。娜嘉并不显得有什么惊讶。她已经习惯了男人们的失态。

　　10月11日。他们在街道上闲逛，"一个走在另一个旁边，但彼此分得很开"。布勒东很有些烦恼。他不耐烦地看到她仔细地读着餐馆橱窗中的菜单，并且"开玩笑地念着某些菜肴的名称"。

　　10 月 12 日。他们决定离开巴黎，前去圣日耳曼－昂－莱[42]。在圣拉扎尔火车
站的大厅中，又有一个醉鬼过来纠缠他们。月台上的旅客都回过头来瞧着他们。
"真的是罕见啊，在你的还有我的眼睛中的这一片火焰。"她说。下火车之前，一
个旅客朝她送来一个飞吻，第二个人照此模仿，然后是第三个人。这天夜里，他
们将睡在威尔士亲王旅馆，他们将第一次做爱。

　　对于这次鱼水之欢，布勒东在他的书中只留下了一行省略号[43]，后来他偷偷对
皮埃尔·纳维尔[44]承认，"就像在跟圣女贞德做爱"。

爱已做，情已了。布勒东就不再是恋爱者了。她却黏上了他："你是我的主人。我只是一个在你唇角呼吸的原子，不然它就将断气……"他对于她就是一个"神"。他是"太阳"。但他已经厌倦了她。这时候，她突然看明白了他，"又黑又冷，就像一个被斯芬克斯击垮的男人"。

10月13日。她对他讲，在克里希广场的一家啤酒馆，她挨了狠狠的一拳，满脸是血。她带着一种不无狡诈的愉悦，摆脱了侵犯者。在逃走之前，她还用自己的血涂得他满衣服都是血迹。听说了这一"可怕的历险"后，布勒东开始哭了起来，哭到自己都觉得不该再哭的地步，哭他自己仿佛不应该有那么一个念头，要再去见娜嘉。这一事件让他感到心中满是歉意，因为他不得不与她分手，他把这个意思对她说了，从眼泪中汲取了向她告别的勇气。她表示顺从，向他告别，同时暗自低声补充说，这是"不可能的"。在一封信中，她预感到了最糟的情境："你活在我心中，但并没有怎么独占我。你知道得很清楚，你的爪子留下了抓痕，恰如你的想法让我潜入了黑暗中。"

爱的历险结束了。它持续了十天，从欲望到相拥而爱，从相拥而爱到抛弃。如果说，他们得以交换"某些远远超然于陈旧思想与永恒生活那烟雾腾腾的瓦砾之上的不可思议的和谐一致的看法"，那么，陈旧思想和永恒生活却最终重又占了上风。在他所写的关于她的那本书中，他承认道："很久以来，我就已经不再跟娜嘉和谐相处了。说实在的，我们也许从来就没有真正和谐相处过，至少是在看待生存中那些简单事情的方式上。"

她则证明了她同样清醒："当我把您重新推开时，我才对您有了价值。"

她还是顺从了："或许你真的因我而治愈了？"

然后，她又起而反抗："我到底是变得疯了，还是强壮了，这我不知道。但是，我是一个很好的伙伴，最重要的是，我厌恶受苦受难。火与真万岁，欢乐与生命万岁。打倒您所有做鬼脸的行为——而我是很明白的。打倒伤风败俗者，我跟您以及您的追随者看待一切问题完全不同，我讨厌您的游戏，还有您的小集团。"

在布勒东的眼中，娜嘉并不仅仅体现为超现实主义的女性，她还是，或者首先是，一个文学人物。就在前一年，在《超现实主义革命》中，他这样写道：

"假如，我们曾经相信是通过文字的道路才可能回到最初的淳朴天真上来，那又有什么关系！"

还在几天前，她就已经猜想到了，她这样叫嚷道："安德烈！安德烈！你会写一部关于我的小说。我敢向你担保。你不要说不会的。还是小心提防着吧：一切都在减弱，一切都在消失。对于我们，还是得让某些东西留存下来吧……"

他写了很多关于她的笔记，还把其中的一些给她看过。她受到了伤害："在您的气息尚还没有熄灭之前，您怎么能够对曾经的我们作出如此恶意的归纳呢？究竟是发烧，还是恶劣的天气，使您变得如此焦虑不安、如此不公正啊！我到底做错了什么，竟然看到我最美好的和最高贵的情感就那样迷失在了您的愤怒中？我怎么可能在读到这些叙述，看到我自己这幅被扭曲了的肖像画时，还不起而抗议，甚至哭泣？"

布勒东跟娜嘉后来又见过面，直到1927年2月，不过，也并不太经常，然而，把他们分隔开的仅仅只是几条街而已。一天晚上，她给他打来电话，接电话的正好是他的妻子西蒙娜："有时候，一个人孤独到这种地步，实在也是很可怕的。我只有把你们当作朋友了。"

3月21日，她所居住的贝克雷尔旅馆的经理意外地发现她在走廊中受幻觉困扰，恐惧地叫喊。于是，她被紧急送往位于钟楼滨河街的警察局医疗所。医生诊断她是多样性精神障碍，正处于一种抑郁、忧伤和焦虑的状态，接下来的会是一个焦躁和恐惧的阶段。她被转送到圣安娜医院，然后，又转到奥日河畔埃皮内的佩雷－沃克吕兹精神病院。住院单上这样写着："做作与缄默的精神分裂综合症状，并交替伴随有焦虑模仿与不连贯模仿，消瘦，总体情况很糟糕。"

　　人们告知布勒东，娜嘉"疯了"。他受不了这个明显的事实："疯子的真心话，我需要付出我的一生才能逼他们说出来，那是一些秉性谨慎诚实的人，他们的天真只有我能与之相比。"

　　假如他是疯子，那他就会利用任何一个机会去"冷静地谋杀"精神病院中的一个医生，因为，他认为精神病学科是可鄙的。

　　他从来就没有去看望过她。

　　娜嘉住院的时候，还不到二十五岁。她于 1941 年 1 月 15 日死于里尔附近的巴约尔医院，官方的正式说法是死于肿瘤，但实际上更像是死于斑疹伤寒。

1926 年。那是超现实主义运动的第一次大清除时期[45]。在被打发走之前，安托南·阿尔托[46]就抢先下手，做了自我清除。接着就轮到了菲利普·苏波[47]，他驳斥了布勒东对他的种种指责，而在论战中，布勒东则得到了路易·阿拉贡和马克斯·莫里斯[48]的鼓励。或许，人们应该在布勒东那大摆架子却又十分可笑的宗派主义活动中，看到他急切与法国共产党结盟的后果。不过，结盟很快就将让他大失所望：要想跟斯大林分子打交道，就免不了遭受惩罚。在经历了"警察讯问"一般的争执辩论与含糊其辞之后，共产主义分子指派他到一个煤气公司雇员的支部中工作。他那"与工人阶级相融合"的朦胧愿望也就将停留在这一步了。

人们后来将会大肆指责这个"超现实主义的教皇"，其中最不留情的强硬派或许当数墨西哥艺术家弗里达·卡萝[49]了，她把他形容为一只"老蟑螂"。在一封给尼古拉·穆雷[50]的信中，她这样写道："你根本想象不到，这些是何等的婊子，他们让我只感到要呕吐。他们都是所谓的'知识分子'，都是那么腐败，让我几乎无法忍受。真的让我觉得太过分了。我倒是更愿意坐在托卢卡[51]的集市的地上卖玉米饼，也不愿意跟这些巴黎的'艺术家'混蛋打交道。他们在'咖啡馆'一坐就是好几个钟头，焐暖他们宝贵的臀部，没完没了地谈论着'文化''艺术''革命'，诸如此类，家长里短，他们把自己当成世界的神仙，他们做着最荒唐的白痴梦，用永远都无法实现的种种理论和学说毒化着空气。……在他们的家中，从来就没有任何吃的，因为他们没有一个人会干活，他们像寄生虫一样生活，赖在一大堆赞赏他们'艺术家'的'才华'的混蛋富人的背上。真是臭狗屎，没别的，就是一堆臭狗屎。……真的很值得来这里看一看，不为别的，就为看一看欧洲为什么正在走向腐烂，为什么所有那些人——全都是一些废物——催生出了所有的希特勒，所有的墨索里尼。"

那个纤弱的娜嘉，她似乎远离这些重大的纷争，离得很远很远。短短几天的可怜爱情，一个作家暂时的迷途，他只想把爱情拉到一个纯文学理想的高度。这是一段深深的误会。从他们俩的第一次邂逅起，游戏的结局就已经注定了。她需要一段爱情，一个保护者，而他则寻找着一个缪斯。

她要的是字面上的爱，而他要的则是文学之爱。对于他，这一关系有着可称为某种消遣——尽管这个词还是很有力的——的成分，而她则投入了整个的身体与灵魂。他想对爱情来一番革命，赋予它一种新的面貌："我所理解意义上的唯一的爱情——但它是神秘的、不可能的、独一无二的、扑朔迷离的、确定的爱情……"很受德国浪漫主义的启迪，他梦想一种彻底的爱，按照他的说法，这是一种"爱情 - 疯狂"，而按照他一本书的标题，这是一种"疯子"的爱[52]——但，那是一种没有女疯子的爱。她却并没要求那么多："为了理解爱，只要一个亲吻就够了。"

他们的关系无法持续。不是因为此事属于通奸：它倒是并没有祸及布勒东的夫妻生活——他也并没有对妻子隐瞒他对那位丽丝·梅耶的爱。但是，在布勒东与娜嘉之间，确实有另外的东西在让他们分离：那便是社会地位与教育程度的差别。

安德烈·布勒东的父亲是一个宪兵——更确切地说，他是在宪警部队中当文书——后来成为会计，再后来当上了一家水晶作坊的副经理。这个父亲，无产者的儿子，成了个小资产者，也希望他的独生子能进入高等综合理工学校或者矿业学校学习。但是，布勒东想考医学院。他想脱离他的社会阶层，去跟统治阶级调情——想从事文学生涯，就应该如此。因为法兰西文学并不是一种大众的艺术，而文学家的革命憧憬，尽管一时间里会吓唬到既成秩序，最终却总是会"吓到资产阶级"。

至于娜嘉，她并不属于同一个世界。她既没有资源，又没有资格。她很可能就是个妓女，或者从事随便什么违法勾当的女人——"您现在会把我归类为流氓。"她在给布勒东的信中这样写道。她出身于一个低微的社会阶层，甚至无法确保自己的生存。她在巴黎游荡，寄住在旅馆的房间里，依赖于某些男人多少有意而为的仁慈行为，其中包括布勒东，他为了她甚至还卖掉了他收藏的一幅画——那是一幅德兰[53]的作品。娜嘉是一个丧失了社会地位的女人，带有那样一种使她成为一个"游荡的灵魂"的柔弱性。正是基于这些理由，他们之间的爱是没有出路的。而娜嘉入住精神病院也确实为这份爱画上了句号。

公共汽车驶过横跨塞纳河的大桥。在夏特莱广场，公共汽车就像一只在尽情啄食的母鸡群中跳舞的公鸡，又圆又胖的汽车拥挤在一起，前杠顶着后杠，车头吻着车尾，"对行人匆匆打出的手势视若无睹"。它抓住并吐出几个乘客，然后又奔走在巴黎的屁股中。卢浮宫街，蒙马特街，波堡蒙马特街，拉法耶特街，它现在来到了《娜嘉》一书故事开始的那个街区，就在第九区那些如牙齿一般紧密排列的高高墙面之间。超现实主义就在这里，就在事物的平庸性之中。我们的梦想正是矗立在种种小小的事件之中。我们是从哪里来的这样一个想法呢，认为娜嘉下面的话，只用了那么少的词语，那么平常的词语，却能精辟地说明现实。她说："我将在一阵冲动中寻找天空，而你可爱的嘴唇将吮吸我的生命。但是在我抽紧的喉咙中又有什么呢？——我剩下的只有抽泣，而我的牙齿咀嚼着亲吻。"

布勒东也感觉到了，他也一样："在现实面前我们又是谁呢？这现实，我现在知道它就躺在娜嘉的脚下，就像一条奸诈狡猾的狗。"

娜嘉的词语，就像布勒东所转述的那样，就像人们在她的信中发现的那样，在一种不太可能真实却又是那么严厉尖刻的秩序中挤成一团。而就在那里，她的情人，在事后，在混乱之后，依然希望能迷惑她的生活，还有文学。娜嘉完成了魔法，非常简单，就像她呼吸那般轻松。她超现实地完成。她是最佳意义上的超现实存在，活生生的，有灵有肉，那样一个"拧开奥秘之螺母"的人。

在跟安德烈·帕里诺[54]的那篇《谈话》中，布勒东说他在娜嘉身上只看到一个"女主人公"，一本书的女主角。他物化了她，从她的嘴里掏出了词语，把它们变成白纸上的黑字。重读《娜嘉》这部既不是小说，也不是故事，而照作者的说法只是一篇"散文"的作品时，人们会体验一种苦涩的忧伤。人们猜想到，故事并未就此结束，娜嘉丢失了，她将彻底地失去他。她把自己的笔记托付给了他。他迟迟地没有把它还给她。他在自己文字中说，这是"一锅蔬菜炖肉"。

还是在这篇《谈话》中，他总结道："她在我身上产生的所有诱惑都属于智性层面，是不会化为爱情的。"

但是这本书并没有结束：最后把故事讲完的，是后来才找到的她写给他的信："雨还在下。我的房间很阴暗。心脏在深渊之中。我的理性在死去。"

忧伤是一门生活的艺术

关掉电视。暂停电脑的所有运作。离开小小的屏幕、电视新闻，以及有大量真实"邮件"涌入的虚拟信箱。

重新找到有血有肉的生命物，散发着种种气味并发出声音的街道，或灿烂或荒芜的风景。广袤的天空。

图像，屏幕截图，经过修剪的数码照片，过量的信息，扭曲的信息，变形，这一切剥夺了时间，剥夺了时间的整体。但这一时间跟另一时间互相碰撞，那是一种悬置的时间：绘画时间，在此，不妨说，爱德华·霍珀[55]的绘画时间。

无论是他"电影拍摄式"的取景，还是他所谓的"叙述性"画面，全都没什么太要紧的。在他独特的凝定不动性面前，在他那些现在一动不动、将来也一动不动的图像面前，我们全都突然变得纹丝不动。这是一种没有运动、没有行为的视象。此外，纹丝不动恰恰就是"眩晕"的条件本身，而绘画，尤其明显的是霍珀的绘画，正是在邀请我们进入这一眩晕中。他匆匆地勾勒出一种了无生气的惰性，接着，他加工细节，他自身也随之细化，以便更好地细化一种普遍现实，落到它壮丽的平凡性之中。

霍珀并不喜欢人们。他既不喜欢简笔素描他们，也不喜欢浓墨重彩地画他们。

在他的青年时代，即他还在一家广告公司当插画师的年代，他的上司要求他复制"一些活动着的人"，但是，那时候，他就已经更喜欢画楼房的墙面，画不知通向何方的道路了。

假如他不得不去再现一些生命物，一些面孔，那么，他就会尽量避免露出他们的眼睛来。目光不属于他所看的东西。那么，从侧脸看去的眼睛究竟如何呢？那是一道线。那么，正面看去的又如何呢？两个点呗，仅此而已。就像米老鼠那样。除了他的自画像，在自画像中，他望着正在望着自己的他自己，目光严厉，或者焦虑，或者超脱。

他说，他所喜爱的，是"简单地画出太阳照在一栋房屋墙上的光线"，或者是，照在卧室的地面上的光线。

因此，有一些建筑，但毕竟还有一些人，一些普普通通的人，坐在桌子前，或者坐在一张床上。他把他们画得就好像"复制－粘贴"到一个布景上，或者不如说是"复制－揭下"，双脚几乎够不到地面，他甚至还心不在焉似的忘记了画上影子。

一些普普通通的人，真的是那样吗？霍珀画笔下的人物是一些美国人，美国白人，清一色的白人——除了在那一幅标题清清楚楚地带有描述性的《一个货车车厢边上快速启动的一辆汽车中的形象》的画中，在这幅画里头，我们看到一对中国移民，另外还要除去那幅《南卡罗来纳的清晨》，那里头有一个体态丰满的女人，也许是一个波多黎各人，双臂交叉，站在一栋房屋的入口处。是一个妓女，还是一个普通的家庭主妇？

不然，就是中产阶级的普通人，衣着不太讲究，单身女人，穿得很单薄，一些农民。他们都没有笑容。此外，霍珀的所有画都在避免微笑。那是一种很刻意地自觉保持忧伤的绘画。但是，对忧伤的谨慎追忆于他还不够。从很早开始，他就禁止自己接受任何乐观的诱惑，而他也确实做到了，尤其是在他那幅创作于 1914 年的著名画作《蓝色的夜晚》中，这幅画被称为"巴黎"绘画，却是在美国画的。

画中，那嘴角叼着香烟的小丑的形象无疑是扭曲的，跟他坐在同一桌的有一个艺术家——或许是吧——和一个军官；一个风月场的女郎站在他们身后；在其他几张桌子上，有一个拉皮条的，一对资产者夫妇。小丑并没有哭：他心不在焉，或者，他装出一副心不在焉的模样，但是他的衣着，还有他粉白的化装，他那被几道红颜色遮住的看不见的眼睛，还有他那被唇膏涂得血红的嘴巴，把他定在了画面正中央。

霍珀见过巴黎，见过它的妓女，它的桥，圣母院，卢浮宫，还有一些常常被它忽略了窗户的街面——他在他未来的绘画中把这些窗户画成半开半闭的样子，仿佛那是一个被动的窥视者。

回到美国之后，一切在他眼中都显得"生硬粗俗"，他需要整整十年时间来忘掉欧洲。他在法国画的那些油画都是让人兴高采烈的画面，跟他此后的作品所展现的截然相反，就仿佛他不可避免地日益严厉，那或许是出于他清教徒式——浸信会式——的新教背景。覆盖在他的整个绘画作品中的巨大空洞，来自最为极端的宗教改革派人士的圣像破坏论的启迪。然而，霍珀还是非常敌视当时流行的抽象化艺术的。相比之下，他更偏爱他自己的那些内心表达方式。实际上，他是一个心理学画家。

当霍珀趴在窗户上时，从视觉上来看，他像是潜入了什么东西之中。或者，他迟迟地留在了对面的窗户上，这就把我们带回到小小的屏幕上，回到老虎窗，回到那一道闪烁不停的光源上，他只想表现骤停那一刻的光线。甚至都没有一出戏剧。也没有一桩罪行。什么都没有。只有无聊、厌倦、幻灭。或许正是这个东西在撩拨观众的无意识：这样的一种欲念，任由自己陷入忧伤中，任由自己体验一种几乎称得上喜悦的情感。忧伤吗？对他而言，忧伤是一种解脱。而正是为了这个，他才行动，才打击，才奋勇向前，毫不偏向。

他说，他的目标，是要尽可能贴切地转达出"他对大自然的私密印象"。然而，在他的绘画中并没有大自然：有的只是街道、楼房、农庄、棚屋、商店、公路服务站、桥梁、建筑工地。真是奇怪啊，他对他自己画的形象视而不见居然到了如此程度。如果说，他的作品是偏执的、干巴巴的、令人泄气的，那么他的意图又是什么呢？描绘空虚而又乏味的人类吗？谴责美国社会的平庸吗？有一件事情是确定无疑的，在一幅霍珀的绘画中，人们是不会自杀的：人们会认输。

欧洲的绘画从它自身中汲取营养，洋溢着一种为资产阶级炮制的乐观主义，悠悠地消散在马蒂斯的良好趣味与毕加索惯常的挑战之间，而在大西洋的另一端，一位寂寂无名的画家则要竭力地表达几乎无法表达的对象：

死去的生命。凭借着一种手法上和情感上的节制，同时也不无一种毋庸置疑的笨拙，甚至不惜以平庸与冷漠为代价，他成功地做到了感动人们——这是一种显而易见的现象，这也是一个奥秘。

至于他的"色情主义"：这只不过是个说法而已。自从 1924 年他与乔结婚以来，他就只画她了，或者几乎就只画她了，而他把她画得就像人们在画一种缺席。她赤裸裸的，凝定在她丈夫的虚无中，她望着——甚至连用来凝视的眼睛都没有画出来——他为她所提供的空无。她并没有受骗："有时候，跟他说话就如同往一口深井里扔一块鹅卵石，他的无动于衷就像是听不到石子落到井底的声响。"

"像薯条烤炉那样吱吱作响的露天咖啡座"

  1927 年 4 月。哥舒姆·肖勒姆从巴勒斯坦来，要转道去伦敦，他在巴黎跟他的朋友瓦尔特·本雅明一起待了好几天。本雅明希望能留在巴黎，大都市的氛围总是让他感觉很愉悦，尽管他几乎与世隔绝。他还没有获得诸如德国通信记者的任何职位，既没有在出版社，也没有在报社中找到什么工作。

  至于跟法国人打交道方面，他毕竟还是成功地结识了一些人，有作家夏尔·杜·博斯，有批评家雷翁·皮耶尔 - 坎，有《欧罗巴》杂志的主编让·卡苏，有作家马塞尔·布里翁，有《南方手册》的主编让·巴拉尔[56]——刊发了他的作品《大麻在马赛》。

　　他跟布里翁和巴拉尔结下了深厚的友谊。他们是命定的对话者。正因如此，他跟他们说了很多的知心话，回顾了一次从柏林到米兰的长途驾车旅行，走过了圣吉米尼亚诺、沃尔泰拉、锡耶纳，他还谈到了他的健康，一次黄疸病的发作，还有肚子痛——因为服用一种叫"爱罗发齐尔"的药而奇迹般地痊愈。

　　他跟布里翁无话不说。他很看重对方身上"全然没有一般文人的那种虚荣心"。多亏了布里翁写给国家图书馆馆长的一纸介绍信，他才能去图书馆查阅关于巴黎生活的某些色情书籍，因为它们通常被紧紧地封锁在地狱中——"一段时间以来，想要进去查阅这些书是很难的"。

　　然而，在他的信件中，本雅明做得很有保留，很少愿意吐露隐情或者放肆无礼。

　　1927 年 5 月到 6 月。本雅明小住在蓝色海岸那一带，跟他的前妻朵拉还有儿子一起。他去蒙特卡洛的赌场赌钱，结果赢了一大把，足够让他重返一趟科西嘉。在返回巴黎之后，他写信给肖勒姆说："眼下，我几乎总是孤单一人，从现在起的两个星期，我的孤独将是彻底的。"

　　本雅明是一个强迫性的赌徒。他经常光顾赌场。他有过赢钱的时候，但在生活中，他却是一个输家，有时候甚至还是一个扬扬得意的输家。启迪他的，是既无人理解又孤寂的尼采这样一个浪漫而又绝望的形象吗？要不，就是那个很长时间里读者都超不过二百人的卡夫卡的形象？或许，两者都有那么一点点。本雅明能接受自己成为一个被误解的作家，因为他信他自己的命。出于孤傲，那是当然，但同时也出于本能。暂时没有多少读者这一宿命并没有让他觉得别扭。他有他的霉运，因为他是自找的。他几乎为此而感到开心。他出版了他的《德国人》，但很快，出版商也破产，关门大吉了。

　　要想被引入巴黎的文学界，他按例得开设一系列的法语讲座，就在妇产科大夫让·达尔萨斯[57]那里讲。结果大夫病了，讲座的创意也就没有了下文。

　　从他的时运不济中，他得出了一条格言作为教训："希望之所以落到我们头上，只是为了让我们失望。"

　　1927 年 8 月。肖勒姆返回到巴黎，要待上几个星期。他觉得本雅明住的南方旅馆实在"太差劲"："一个可怜兮兮的房间，又小又破烂，除了一张铁床，几件小家具，就再也没有更多的什么了。"

　　本雅明回想起，波德莱尔也曾被债主逼得紧，被迫不断地更换住所，在城里到处奔波，为的是寻找一个藏身之地，一张"不怎么靠得住的床"。在 1842 到 1858 年间，他换过十四次住所。而本雅明自己，在 1934 到 1939 年间，出于另一些缘故，在巴黎搬过十八次家。

　　在蒙帕纳斯，肖勒姆和本雅明经常光顾圆穹咖啡馆和圆顶咖啡馆。法尔格说过："蒙帕纳斯是这样的一个地方，人们可以不做什么事而十分容易地活着，有时候甚至还能挣几个小钱。大部分时间，只要穿一件鲜艳夺目的套头衫，叼上一根样式有点复杂的烟斗，然后穿上一双带钉子的鞋跳舞，这就够了。"

　　本雅明拖着他的朋友去了大吉尼奥尔剧场[58]，那里的恐怖表演就像侦探小说一样让他激动万分。突然，某种不同寻常的东西在本雅明的头脑中产生，让他陷入深深的焦虑不安中。他对世界的看法变得很模糊，甚至于，现实在他看来也无法用迄今为止他所熟练运用的词语来表达。他的马克思主义观点被超现实主义的骚动所动摇——而这骚动，按照肖勒姆的话来说，就是"毫不受拘束地投身于无意识的大爆炸"。他坚定地相信，革命已迫在眉睫，但他早就不再能作为马克思主义者来表达，同样，也不能作为超现实主义者来表达。他必须找到他自己的话语。

　　1927 年 8 月 23 日晚上，他拖着肖勒姆去参加一次声援被判处死刑的意大利裔美国人、无政府主义者萨科与万泽蒂的示威活动[59]。本雅明对他们的犯罪与否并没有表态：从原则上，他坚决反对死刑。

　　游行队伍走到塞巴斯托波尔林荫大道时，步行和骑马的警察对示威者发动了攻击。极度的骚乱。两个好朋友好不容易才逃到了附近的一条街上。本雅明义愤填膺。为了让他平静下来，肖勒姆把他拖进了一家咖啡馆。他们点了一杯葡萄酒喝起来，一直喝到深夜，全都喝得醉醺醺的。

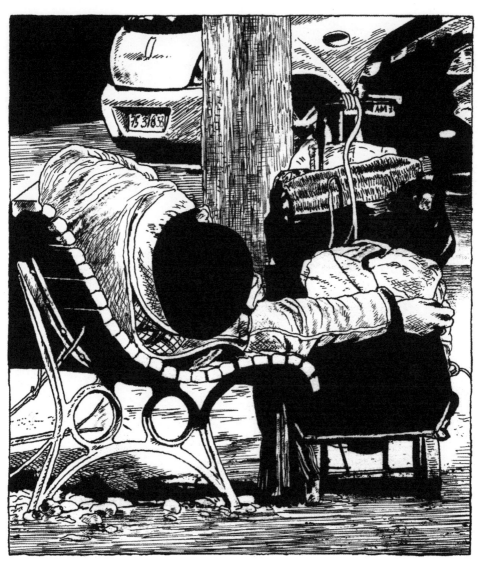

　　本雅明生命中的一切都跟死去了一样。他的生活乏善可陈。种种事情只是客观地发生到了他身上，滑入了他的人生轨迹。没有任何意外事件。没有任何重大的惊喜。只有一些物质上的束缚，一些有今日无明日的轻浮的爱：智力上的历险本来就无险可历。他白天待在国家图书馆的阅览室里勤奋地阅读，在 19 世纪的历史遗迹中乱翻一气。通过积累卡片，他东拼西凑地建起了某种兜售思想的旧货店，为的是让历史之火重新旺旺地燃烧。他很希望这个 19 世纪能帮他弄明白 20 世纪的种种谜团。是不是因为不想看到自己的时代，他才躲进了过往？

　　"我居住在 19 世纪，就像一个软体动物居住在它的硬壳里，而这一世纪现在就在我的面前，空空的就像一个空壳。我把它戴在我的耳朵上。"

　　法国作家很少有人回应他的请求。他跟他们的关系于他好像是一种禁忌，仿佛他跟他们并不属于同一个世界。不过，这也没有什么要紧的，他会胜过他们一头的，会潜入到他们那著名的"法兰西精神"中去。他会在那里寻找种种最隐秘的形式——他会很快就去盘点这些形式，而这些形式也将作为素材，来构成他的主要作品：那本关于巴黎拱廊街的书。

　　既然他并不跟今日的巴黎人生活在一起，那他就会跟昨天的巴黎人一起生活，那些无从把握的幽灵，它们会让他的灵魂深处充满怀旧之情。或许正是他与巴黎生活的这一错失，这一或多或少的错失，在诚邀他通过文学而沉浸于这一生活之中。作为《巴黎拱廊街》一书灵感起源的，恰恰就是路易·阿拉贡出版于一年之前的那本《巴黎农民》，而本雅明本人，也曾翻译过阿拉贡那本书的片段。他跟弗兰茨·海塞尔不断地讨论着这一计划："正是在这一时期，诞生了此书如今已被放弃的那个副标题：即'一种辩证法的仙境'。"他没有猜想到，他会将自己余生的大部分岁月都贡献给这本书。

　　本雅明不仅被排除在小小的文学世界之外，而且还在整个真正的巴黎生活之外，他，至少在他写下的文字中，很难认清巴黎人特有的性格。但是，他们到底是什么样的人呢?

今天，真正的巴黎人，属于大众化巴黎的巴黎人，已经不复存在。他们已经被扔到了环城公路的外面，扔得尽可能地远。而从此，生活在城里的人，则是"上巴黎来"的外省人，他们在办公楼里或者在商店中讨生活。他们显现出某种畸形的都市人形象，身穿刻板的老一套衣服，说着一种矫揉造作的语言，因为他们当中没有任何人有着老巴黎的口音，会讲老巴黎人特有的玩笑话——他们当然也不会带着口音讲自己的家乡话，他们正巴不得把它给快快忘掉呢。

　　恰恰是通过战前的老歌谣与老电影，人们才会对所谓的巴黎人还有一个依稀的概念。而本雅明，他对这一充满诗情画意的城里人形象却什么都没有说，他更希望回顾浪漫年代的人物形象，19 世纪末的纨绔子弟形象。

　　我们还是得再回到雷翁－保尔·法尔格的身上，去抓住从此已然消失的巴黎人的特点。首先，那是一个法国人。他没有什么神秘的东西：他"既不是一个博尔吉亚家族[60]的人，也不是一个英格兰爵爷，既不是一个沙俄的特权贵族，也不是一个扬基佬，既不是一个清朝的贵族老爷，也不是一个退休的老军官，更不是一个天主教教士"。总而言之，这是一个普通人，没有什么太极端的地方，他喜爱戏剧、书籍、绘画，还有女人。一个把任何什么都不当悲剧的男人。首先，他是个乐天派，总是显现出"一丝天生挂在嘴角上的幸福微笑"。他很轻松活泼，但是也会变得很严肃，假如他是一个工业家、一个工程师或者一个大买卖人——最好还是个香水商——的话。

　　总体来说，无论什么社会阶层，巴黎人都爱瞎掺和："当十六区的巴黎人前往中央菜市场去时，当他们热切地寻找小饭馆时，他们实际上是想看到其他的巴黎人。"

　　巴黎女人则更为复杂，更为神秘，更为稀罕："不，在我们这个盛行暴发户、伪善者、投机家、宗派分子的时代，已经不再有太多的巴黎女人了。她们害怕了。"

　　那些依然是巴黎女人的，她们所爱的——首先并唯一热爱的——是乐趣，这是在该词最无聊的层面而言。她们真心实意地追赶时髦，最善于玩弄心醉神迷的游戏和引人注目的私通。

　　她们体现的是著名的社交界，它足以摇撼君王的宝座和高官的交椅。一切皆取决于行为举止、梳妆打扮、语调口吻、随机应变、妙语连珠。她们正在逐渐消逝："她们与其说是女人不如说是幻象。"一个戴什么项链的问题，或者一种家长里短的流言，远远排在任何政治观点之前，排在一场战争或一个革命事件之前。

　　还有一件事：对法尔格来说，上流社会的女人跟街边的女人，远比人们想象的更相像。她们有一种同样的风格，同样的放肆，同样的超脱。女人已经进入了长久以来专为男人所特别保留的咖啡馆，以前，咖啡馆一直就是为男性所独享的一个"谈话场所"。现在女人走进了这里，在这里聊天，在这里喝酒，游戏，跳舞。"披头散发口水飞溅的家庭主妇前来这里找她们丈夫"的时代已经结束了。女士们喝着金酒、波旁威士忌，还有充满异国情调的鸡尾酒。她们还抽着卷烟。

　　很快地，最后的那一批"巴黎女人"也将消失，"让位于'在巴黎的女人'，而这两者完全不是一回事"。

早上的太阳简直不屑于升起。它把那微弱的光线从天空中擦去，天空重新披上了一件有些泛黄的灰色外衣，并把这脏石膏一般的苍白颜色留在街面的墙上。天不下雨。连毛毛雨都没有下。尽管当塞纳河涨水时，宽阔的滨河街会淹到脖子，尽管它的树木已被严冬褪下了衣装，巴黎依然算不得太忧郁。巴黎不能容忍人们就此随意走向忧伤，它没那个时间。没那种礼节。当然，巴黎也并不开心，而且从来不会纵情，从来不会疯狂，它承受不了着魔者的热情，他们会带着一种持续不断的贪婪的目光，让一道道围墙解构倒塌，吞咽所有的天上之水。

贝朗瑞[61]是这样歌唱的：

> 他是个小个子男人
> 穿着一身灰衣，
> 在巴黎，
> 脸蛋鼓鼓的像个苹果，
> 身上却一分钱都没有，
> 快乐无忧，
> 他说：我就要，我就要
> 说真的，我就要笑！
> 哦！他开心，他真开心
> 这个小个子灰衣男人！

　　对那些有钱的人，巴黎卖得很优惠，但是没有一声感谢，没有强作微笑。对那些为生活所迫，吃得糟糕、住得糟糕的人，那些清楚天下不会有免费午餐的人，巴黎简单、卑鄙、残忍得令人绝望。他们虽然还没有到去死的地步，却在大街上拖着他们的忧伤，迎面撞上那些或是去上班或是刚下班的神经质的人，然后涌入地铁那气味呛人的走廊中，或者到公共汽车中、小汽车中，或者在夜色中轰隆作响的摩托车上。

　　然后，绝望就踉跄地扑到那些人行道上奄奄一息的人身上，他们沮丧至极，就像影子一样熄灭于背景的幕布上。是整整的一拨人在倒下，在垂危。他们真想吃一点什么。吃一点什么吗？但是，所有人都有一点儿东西可给他们吃的呀。还必须有点儿什么可想的。

——行行好，赏给我一点点
你们的残羹剩饭，
让我当晚餐。
——但我们的残羹剩饭，
还得留给我们的狗吃呢。

　　一场大雨落满了马路，还溅上了人行道。大街、林荫道、广场。历史的故事写在围墙的角落上：阿莱西亚[62]街、波拿巴街、殉道者街。一些名字，而不是日期。而日期是令人焦虑的：1789年街、流血周[63]街、五月街。至于小小历史的种种日期，那就不太可靠了。那是孤独的历史，隐晦的历史，看不见的生命的历史。一些被永远忘却的数字。无名者无法在日历上站稳脚跟。

　　根据热尔曼·努沃[64]的说法，如果说，马赛是一个在大海边起身的女子，那么，巴黎就是她所需要的男人。如果说首都失去了它的一些圆润，一些令人愉悦的柔软，而正是这种柔软，让它在它的河床中慵懒地拉得又细又长，并艰难地攀爬上它那短短的坡地。它变得僵硬。人们让它生出棱角，让它到处垂直，根本不顾用什么方法，既无计划，也无考虑，就像本雅明自己所说的，活像是"直接来自建筑地狱门厅的一锅任性行为的大杂烩"。

人们任由杀手行动，那些开发商、他们的同谋——城市规划师和建筑师，还有他们的陪衬者：省长、市长，甚至共和国总统——巴黎是一种国家事务，针对它的洗劫计划都属于国家机密。

一个街区的数个世纪的沧桑，正是镌刻在它的外墙上的，就像老人脸上刻着的一道道皱纹：没有人有权剥夺让它的眼睛眯起来的古老微笑。巴黎的谋杀者，正如杀害儿童与老人的凶手，应该受到惩罚。

说到这些各种各样的开发商时，《巴黎之谋杀》一书的作者历史学家路易·舍瓦利耶[65]很是开心："在爆发革命的情况下，他们就将是第一批被送上断头台的人：就在水泥地并不那么吸血的蒙帕纳斯大厦前的广场上，或是在拉德芳斯的平台空地上[66]，历史上第一次，有某种东西确实值得跑去一看。"

舍瓦利耶很熟悉巴黎的中央菜市场[67]，那是由维克多·巴尔塔尔[68]构想设计的。中央菜市场，这颗蓬勃跳动的心脏——或者这个肚腹，就像左拉所说的那样。他见证了1971年到1973年间它的拆毁："在中央菜市场消失的时刻，蒙帕纳斯老火车站也轰然倒在了十字镐底下。"

他看到了中央菜市场"大窟窿"的可怜挖掘，还有它那些造得不算成功的花园。那是因为人们损伤了这颗心，使它垮在了"无穷无尽的忧伤底下"，就是说，正是通过建造"可怕的博堡"[69]，人们杀死了巴黎。

有人杀死了巴黎，因为有必须杀死巴黎的人，"就是说，各行各业的人，各个社会阶层的人，各种各样的人，属于美好世界的，或不那么美好的世界的，或根本就不美好的世界的人"，"临时的和常年的劳动者，新来者……被放逐的士兵，有所期盼的冒险家，无法再作任何冒险的瘸腿的人"。必须驱走劳动阶级，甚至于"那些危险的或者不如说是可能会变得危险的阶级"。借口要跟各种各样的犯罪行为做斗争，人们把巴黎人清除出了巴黎。

中央菜市场街区概括并酿造了整个城市："整个的巴黎就在那里——除了全巴黎，当然，这个，人们可以轻易地放弃。"那里笼罩着"一种生活的强度，而这一点，在巴黎的任何其他地方都是没有的，或许，在全世界也都是没有的"。

舍瓦利耶这样评论巴黎之美："与其说因为美就诞生在那里，如同它也会诞生于别处，不如说因为美不能够诞生在别处，尤其是人们声称创造出了美的地方。"美，"它到处都在，尤其是在人们以为找不到它的地方。它就在街道上，常常是在那些最不起眼的地方，在失落的街区，在最贫穷不堪的郊区"。

巴黎还没有彻底陷入深渊，它的街道还没有落到全都相似的地步，千篇一律地归于"城市公用设施"的独裁中，在交通道的荒唐改造中，在加诸城市敏感的皮肤上的这些狠狠的抓挠中。

昂第尼亚克[70]在哼唱：

> 巴黎只是一个小镇
> 最小的加斯贡城堡
> 就算你们的卢浮宫
> 也根本不值得骄傲

乐观主义的课

巴黎的摧毁并不是一个后果，而是一个活动。巴黎并不曾被摧毁过，既然它是在不断地自我摧毁。那些被摧毁的，立即就得到重建，而那些得到重建的，迟早将被摧毁。当然，摧毁过程中也保留了被列为历史遗产的那些纪念性建筑。然而，城市被一点点蚕食，而且每次都是最糟的那一部分。但是这样一来，情况就令人担忧，这最糟的部分变得脆弱，岌岌可危。要想确信这一点，只要仔细观察一下新建筑的过早损耗就行，从它的围墙，一直到它的地基。那些定期重新整修表面的古老建筑，是如何地散发出永恒的气息，那些新建筑也就是如何地弥散着终结的味道。一种灰色的衰老就附着在其崭新的外表上，就流淌在现代化的阳台底下，弄脏了房门、窗户、走廊、电梯、屋顶、地窖。管道生锈，窗户褪色。多少这样新建筑的美梦，例如人们用"新村"一词所指的小区，已经被炸得粉碎。而人们又在更为平庸地继续建造。

新建筑在繁殖中走向死亡。丑陋便是它的信仰。新的建筑师们知道这一点吗？似乎不太可能。他们是连自己都成了牺牲品的制度的同谋，他们之所以也成了牺牲品，是因为丑陋不会放过任何人。

新的中央菜市场：破坏者所做的一切在这么短的几年里也被摧毁了。一种神秘的力量恐怕会诅咒那些建造虚无的人。建筑师听从开发商，不再把城市看作一个需要小心照看的活生生的肉体。他们就好像是在砍下城市身体上的一条胳膊，因为觉得它无利可图，然后代之以一段可笑的假肢。他们再也不知道如何让新的建筑跟原本的城市肌体有机结合为整体。他们既没有文化，也没有想象力。一种主观臆测的、残次的、极易变质的美学充当了他们的准则。

勒·柯布西耶[71]，自我惩罚式建筑的鼻祖，曾经想象过要从零开始重建巴黎的一部分，竖立起庞大无匹的摩天大楼，大楼脚下是高速公路，并用替代了人行道与大平台的无人地带来争夺空间。他的这一彻底乌托邦的规划，使他成了最后一个梦想对法兰西的首都进行大规模摧毁的建筑师。从此之后，他的竞争者，以及他那些竞争者的竞争者，就只是在大同小异地模仿他，这里小修小补一下，那里暗中挖一些大窟窿。多年的研习、实习和竞赛引导他们总是更多地在即兴发挥，因为再没有人知道该如何建造了。

1979 年，在解聘建筑师里卡尔多·波菲尔[72]之后不久，巴黎市长雅克·希拉克[73]就已经宣告："中央菜市场的建筑师，将是我！"很可能，就是他。

我曾经住过一段时间的那栋新建的楼房还获得过"罗马建筑奖"。水管子，还有暖气和煤气管道，全都在混凝土的地面下通过。楼房建成后不久，好几层楼的管道爆裂，大量的水沿着走廊里的照明系统流走。管道公司提交了表格，宣称他们丢失了施工蓝图，试图推卸责任。要想找到受损的管道，就必须把施工的工人找回来，一定是他们无意中破坏了混凝土的防水层。但是，正所谓祸不单行，小灾小难从来就不会单独前来：一个节日的晚上，几个歹徒闯入了住宅区宽敞的地下停车库，纵火烧毁多辆汽车和摩托车。清晨三点钟，一团团浓烟从通风口冒出。三层停车场中有两层起火，所有的照明装置都熔毁在大火中。大火还蔓延到了一部分住宅中。幸运的是，煤气管道奇迹般地幸免于难。整整一夜，消防队员们手持手电，成功地疏散了楼内所有的居民。其中有些人后来在旅馆里住了好几个月。大家提出：别再试图去重修大楼的某一部分了，干脆一拆了之，因为这建筑没有任何东西——无论是墙面还是内部——是能让人原谅的。最终，只有停车场没有重建。

我常常离开巴黎，是为了总是能重回巴黎。从我在玻利瓦尔大道诞生的那天起，我就呼吸着它的空气，后来，稍晚些时候，我又在波旁滨河街以及米歇尔－毕佐大道居住过。那时候，我大概有八岁了，我尽情地享受着学校里课桌的那种甜丝丝的气味，享受着粉笔的气味，还有墨水瓶的气味。我在学校院子里栗子树的阴影下奔跑和玩耍。在班级中，我成了玩彩色游戏棒的冠军。我沉湎于法兰西历史上的一个个重大战役，沉湎于那些航道图和地质图，它们为我显现出卢台特期[74]的粗石灰岩以及白垩纪[75]的白垩。

还是米歇尔 - 毕佐大道，我在那里第一次看到一场火灾。愤怒而又急迫的火焰冲天而起，自下而上地吞噬了住宅楼，只留下黑乎乎的骨架一样的墙壁。这些冒烟的断壁残垣比任何别的景象都更令我浮想联翩。从此之后，我总是非常地喜欢废墟、风化的墙壁、斑斑的锈迹、常青藤、荨麻：这都是万物之虚空的令人激动的签名。

当我们还是个穿着白色短裤的小孩子时，走在巴黎的大街上，我们就已经是在丈量世界的无限性了。每一条人行道都通向另一条人行道，一条突然出现于某条街拐角处的人行道，而这另一条街，它本身也在通向另一条新的街。我们奔跑在塞纳河边的滨河街上，我们急匆匆地冲下河岸的阶梯，奔向碰上的第一座桥的桥洞底下。然后，我们在晚风中重又走上宽阔的大马路。波德莱尔说得好："离开自己家，走向外面，然而却感觉到处都是自己家。"

　　我需要那些肮脏的街面。我需要这一片粉白色的天空，这片老鼠毛一般的雾霾，还有这嗇嗇的久久不停的雨水。还有风儿所带来的刺激。还有从地铁口钻出来的穿堂风。巴黎用那么多的快乐，还有那么多的苦难，耗尽了千千万万的思想。

　　有过多少个夜晚，我把汽车停在拉法耶特将军咖啡馆的门前？那是我们的咖啡馆，我们去那里喝上一杯，一直喝到清晨时分，然后驱车飞驰在蒙马特高地的山坡路上，一直开到山顶，几乎要从楼梯边起飞。疯狂地驱车，神奇地找到它的道路，就像已经是很多年之前另一种生活的道路。

　　我总是能找到我的道路，无论是在夜里的几点钟。

　　我记得那天晚上，在戈尔登堡酒吧喝酒，干了好几杯野牛伏特加，直喝得在人行道上乱吐，吐出一大摊形状如同抽象画的呕吐物。早上拉开窗帘时，有人对我说："天哪，烧酒味太难闻了！"

　　同一天晚上，开了整整六个小时的汽车后，我们在一家外省餐馆喝起了黄色的酒，下酒的是一种叫甘戈约克的软干酪。

　　还有一天晚上，是跟黑发棕肤大高个一起喝。他赛马大大地赢了一票，厚厚一沓五百法郎的钞票。他想挥霍掉这一切，便在波堡普瓦索尼街的一套公寓中大喝大吃，跟一些阿尔及利亚人，他们都是从阿尔及利亚逃出来的主张自治的无政府主义者，全跟黑发棕肤大高个一样，而他本人则因为不服从部队命令当逃兵，正遭到法国警察的追捕。他收养了大街上的一条流浪狗，那是一条很小很忧伤的小狗，他用我的姓来称呼它："帕雅克！帕雅克！"那条狗一听到就会高声尖叫，开心地蹦跳，舔我们的手，就在寒酸可怜的酒吧中，一直待到忘了时辰。

　　太阳，这复归的鬼魂。它把自己粉碎在了巴尔贝斯[76]，人们都穿上了短袖衬衫和短裤。行驶在高架轨道上的一个个地铁车厢，倾倒出这些热乎乎的肉块，这些大汗淋漓的神经质家伙，发出嘶哑的喘气声，但并不那么厉害，因为人们口干舌燥，头发底下的脑袋像是一个热水袋。街上的空气中仿佛有一团声音的迷雾。汽车的呼啸声，两轮车的打嗝声，自行车的叮当响。下午即将结束。英雄们在吐出厚厚潮湿气的人行道上游泳。这里，巴黎并不完全是巴黎。那些美丽街区的阴郁优雅与此无关。

夜晚之观察

一个忧伤的女郎
坐在火车北站近旁
一家忧伤的咖啡馆
黯淡的眼睛还在
咖啡馆的深处洗亮

她喝空了她那杯啤酒
又点了另一杯啤酒
突然站起身
穿过咖啡馆
为点燃一支卷烟
在冬季寒冷的空气中

她又坐回咖啡馆深处的座位
又点了一杯啤酒

今晚她在巴黎
她弄错了列车
弄错了钟点，弄错了月台
火车站已经没有挂钟
而所有的列车全都彼此相像

她弄错了列车
弄错了男人
弄错了生活
在巴黎的夜晚
音乐实在太响
人们叫喊因为彼此听不见

这时候一个小伙子走近她的桌子
他很年轻甚至还挺漂亮
他已经醉了
或许他正沉湎于
某种精神性药物的作用中
她，她吃了一片药
一片镇静药
他对她说晚上好，我能不能
坐在这双闪亮眼睛的对面？
她说好的你请坐
并开始哭了起来
不要哭，他说
用手指头
擦她的眼睛
如此柔美的手指头
如此柔美的词语
她把她的嘴唇
贴近他的嘴唇

一场巨大的风暴掀起
在咖啡馆的夜晚
音乐在颤抖
时间在熄灭
两个生命体偶然地
彼此拥抱彼此吞噬
他们将在巴黎的一个房间里
结束这一夜
而在一大早
她将在寒冷中走掉
只留下一点点灰烬
还有一丝她的气味

德国天空上一道沉重的幕布

　　五十七岁时，我的年龄已经能做我父亲的父亲了，因为他死时才三十五岁。如此说来，我对他应该体验到一种父亲般的爱，或者某种类似的情感。然而，实际上正好相反：时间过去越久，我做儿子的爱心就越有增无减。

　　在他逝世后的那些日子里，至少整整三年，直到十三岁，我都在用一种新的话语表达，一种我父亲所不知晓的话语。他不会了解他的孩子所逃离的那个喧嚣的童年时代是怎么一回事。

　　面对世人与世事时的那种敏感、震惊、恐惧，往往并不隐藏在温顺服帖的话语底下：它们逃亡到了嘲讽的词语中，为的是不让任何东西被严肃地审判。然后，词语刻意地变得很幼稚：玩笑话、嘲弄、文字游戏。本雅明在他的《单向街》一书中指出："当一个与我们很亲近的人死去时，在接下来几个月的变化中，会有某种东西，我们相信已经注意到这一点了……它只能在他的不在场中展开。我们最终将会用一种他早已不再明白的话语向他致意。"

　　于是，我开始描画一些连环画的角色：秘密警察库戈洛夫，警察施摩尔和布涅尔，布伊赫穆伊奈家族，流行音乐的歌手团队里博尔丁格。我跟同班同学一起办了一份小报，一开始是手写的文字和手绘的图画，只出一份样报，然后则改为油印：它名叫《文学母鸡》——后来又变成了《冒泡的猪血肠》。我酷爱昙花一现的报纸，出乎意料的报纸，它们颠覆新闻行业的法则和排版的规矩。我的那些主人公，那些中学生小报，是一种让我不再对我父亲说话也不再听他说话的方式。

　　喘息的机会：不知不觉间，只是把我们与词语系在一起的绳子越收越紧。时间对此也无能为力。人们为了忘记死者而一味肯定的那种话语变得无用。剩下的只有我们原本的声音和死者的声音交织在一起。对话重新开始，一直重新开始却以不同的方式，而且仿佛永远都将如此。此外，这种颇有争议的永恒感之所以得到肯定，是因为死者无所不在，他们的喧哗震耳欲聋。在他们的声音中有一种对我们所在之处的严厉，但我们也把一种可能的同情心赋予他们：死者同情我们，远胜过我们同情他们。

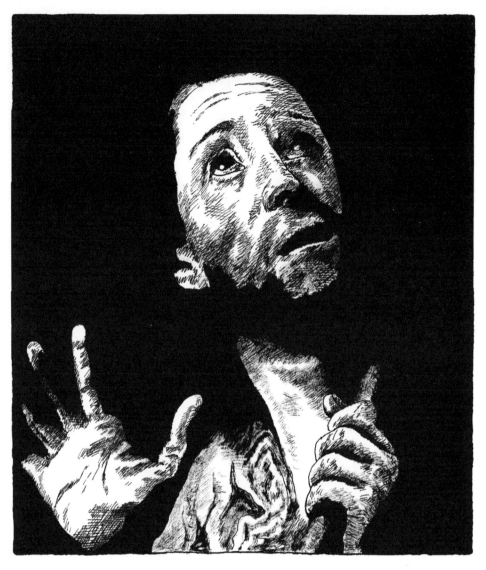

　　我父亲曾经是一个父亲，这正好跟他的父亲相反。我的祖父是一个软弱的男人，一个缺席的父亲。他喝酒赌博一直到死。他孤零零地死去。他死后，我父亲成了一个父亲，一个有权威的父亲。他以一种父亲的力量，回应了他父亲的软弱，但那是一种温柔的、抚慰人的力量。

　　或许，假如他活得更久，他会有所不同。或许他会肩负起一个家长的责任来，一个男性统治者的责任。或许我还得把他给杀了，才能不死于他的父权，他的早逝剥夺了我的谋杀。而假如他成了一个软弱的父亲呢？某些表面上显得强大而又合法，实际上并不像他们所认为的那样的父亲。

　　他们可能隐藏了一种无可救药的弱点，说无可救药，尤其是因为他们无法清楚地表达出这一弱点。他们自己也是在一个暴君父亲的控制下长大成人的。这样不露声色的，从来就没有真正长大过的父亲，到底有多少？那些从来没有真正成为过父亲，从来就只是儿子的，到底有多少？

　　因为我没有杀死我父亲，所以我始终只是个儿子。我始终停留于做一个儿子，做他去世之时的那样一个儿子。我那时候才九岁，而我始终就停留在九岁的年纪。这是一个最终的年龄。

谈到童年时，西尼斯加里这样写道：

那一年，整个冬季都在下雨
在自习室，在教堂，在校园。
这是个应该死去的年纪。

　　本雅明始终是个儿子。他从不知道如何摆脱父亲的独断专行。他的父亲，这个"资产者"，这个仇视自身犹太性，并已经融入真正柏林社会中的犹太人。本雅明从未停止过弑父的念头。当父亲于 1926 年 7 月 18 日真正死去时，他前往柏林参加葬礼，没有表现出丝毫的动情。他似乎松了一口气。他并不因此而更具有父性——即便他自己已经当上了一个小男孩的父亲。在很多方面，他表现得反倒更像是他儿子的儿子。

在女人们和男人们身边，在朋友、熟人中间，他几乎永远表现出一个儿子的形象。比如，跟葛蕾妲·卡尔普鲁斯[77]在一起时，她对他就始终表现出一种母爱般的情感。或者，跟马克斯·霍克海默[78]以及台奥多尔·维森伦德·阿多诺[79]在一起，能听到他们总是在批评他。这时候，他就会乖乖地不出声，以避免任何的对峙。然而，他也会表现出一种高傲的样子。但这只不过是一种不肯丢面子的方式，一种示弱的儿子的姿态。

　　在本雅明的家里，父亲还不是唯一的专制者。母亲也是，以她的方式体现着专制。她随时随地都在贬低儿子，刻意指责他的笨拙。每当他砸碎了什么东西时，或者失手摔破了什么物件时，母亲就会斥责他，来一点"对笨手笨脚先生的褒奖"。她就会说到"驼背小人"，那是一首大众诗歌中闻名遐迩的人物[80]。

　　　　我要去我的厨房
　　　　我要去煮我的菜汤
　　　　但是驼背小人在那里
　　　　砸碎了我的小瓦罐

　　本来就笨手笨脚的本雅明，被母亲责备的时候就更加笨手笨脚了。在街上，她总是走在他的前头，超前一步，以至于他就会显得比实际上"更缓慢、更愚蠢、更笨手笨脚"。由于从小就常常遭受种种辱骂，总是感觉自己比别人矮一头，长大后，他还是无法做到稳稳当当地为自己冲一杯咖啡。他母亲不仅指责他的笨手笨脚，而且还抱怨他的"讨厌劲儿"，他的"昏昏沉沉的闲逛"。

　　本雅明不会原谅她的责备。他将永远无法治愈他的童年。他知道这一点。他还知道如何借助隐喻，在字里行间说出这一点。

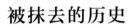

被抹去的历史

柏林，2013 年 2 月 8 日。为了写我的《不确定宣言》，我踏上了旅程。在瓦尔特·本雅明档案馆，面对着那样一种细小的字迹，我感到内心的一阵激动，几乎就相当于面对着罗伯特·瓦尔泽[81]的"微克"，而瓦尔泽的"微克"还不如亚历山大·索尔仁尼琴[82]的手稿来得细微，而索尔仁尼琴的，则又远不如刻在一粒米上的一幅中国画来得细腻了。这种让符号缩小而又缩小的技艺，无论是出于必要，还是出于挑战，都是对所谓宏大膨胀的一种令人激动的回应[83]。

本雅明的字体漂亮、规整而又优雅，他在致幻药仙人球毒碱的作用下，突然就任由自己写起灵巧的花体字。但是，更能让我回想起他来的，还不是他的手稿，而是柏林这个城市。柏林已经重建，并且还在继续重建之中：宽阔的大街上满是行人，到处可见世界性贸易的标准化商品，琳琅满目，一座座建筑高耸入云，犹如战舰停泊在军港。我几乎已经有四十年没有踏上德国的土地了。和平的德国令人不安：温和有礼的氛围，突然被一声惊呼打破。

尼采曾经想永远谴责这个民族，这个文化，这种烹调，而本雅明，他，则早早自我放逐了。

在一家很大的咖啡馆里，面对着一大杯黑色的雷司令葡萄酒，我陷入遐思，我想到这两位思想家，他们俩都因日耳曼民族的命运而感到毛骨悚然，并在直觉上彼此竞争，挖掘他们民族的细节，期望能从中提炼出一个最终的句子来。

早在 1882 年，尼采就期待着"一系列的后果，一种长期的大规模的拆除、摧毁、废墟与震撼"，他为"德国恶劣的反犹主义，民族神经上的溃疡"感到愤怒。谈到他的同胞时，他预言道："可以肯定的是，他们在自己语言的语调上已经在走向军事化。很可能的情况是，就像他们在讲话时趋向于军事化一样，他们在书写时同样也在走向军事化。"

而本雅明则这样说："被圈在这个国家的圈子中的人，已经丧失了区别人类外形轮廓的能力。"

从某个方面来说，我差一点成了一个德国人。自从阿尔萨斯地区被德国占领起，我的父母就成了德国人，因为德意志帝国吞并了法国的东部，让它成为帝国的省份。我的母亲，是科尔马人，我的父亲则是斯特拉斯堡人，他们被迫说德语，他们被禁止说任何一个法语句子，即便用法语说简单的"你好"和"谢谢"都不行，如若违禁，就要遭受严厉的惩处。我母亲的名字本来是"玛丽 – 奥迪尔"，现在变成了"卡蒂娅"，而我父亲，也从"雅克"变成了"雅各布"。

而且，早在我祖父的时代，他叫让·帕雅克，生于波兰南部的上西里西亚，那时候，他的国家就差点儿成了德国和奥匈帝国的附庸。

我们并不仅仅全都是德国的犹太人，我们还是当年入侵了罗马帝国的那些日耳曼部落的后代。

1842 年，作家夏尔·诺迪耶[84]与历史学家、语文学家奥古斯丁·蒂耶里[85]之间爆发了一场争论。诺迪耶指责蒂耶里篡改了法兰西的历史，说他把一些如今已经不能再转写和发音的日耳曼名字归到了法国的头上。确实，蒂耶里为命名"克洛维"（Clovis）[86]而写下了"克洛多维希"（Chlodowig）。他还认定这一拼写是严肃谨慎的，它一方面出现在由都尔的格雷古瓦尔[87]给出的拉丁语的抄本之中，另一方面也出现在日耳曼语言的抄本中。他为自己辩解说："先生，请您在发克洛多维希这个音的时候，要在第一个音节发送气音，不多不少，恰好如同在对待一个由同样的字母开头的希腊语的词，我可以向您担保，这一名称被你以这样的方式读出来后，假如您的克洛维听到了的话，他是一定会答应的。"

对蒂耶里而言，我们法兰西的美丽历史是要让法兰西人在做过了高卢人之后再来做法兰克人。然而，我们的祖先法兰克人应该叫作 Franks，而不是 Francs。Frank 是日耳曼语的词，是高卢地方的征服者的民族称呼，在书写的时候，按照不同的方言，有时候会有一个谐音字母 n，有时候又没有它，写成为 frak 或者 frank。

至于 franc 这个词，在我们古老的语言中，表示的意思是"自由、强大、重要"等人的品质，它对立于 chétif 这个词，而后面这个词的意思是"贫瘠、低等"。

而 frank 这个词，首先具有一种人种志上的意义，然后，又有一种社会学上的意义，两者分别对应于迥然不同的时代。蒂耶里是这样说的："在法兰西国和法兰西人这样的名称底下，我们扑灭了条顿语（tudesque），也就是古代日耳曼人的语言——在意大利语中，它叫作 tedesco，而在古代高地德语中，则叫 diutisc，在现代德语中，则叫 deutsch 或 teutsch，在古法语中则是 thiois。"

实际上，是字母 k 让诺迪耶大翻白眼，对他来说，这个字母是"一个可咒的竖条，武装有两个斜向而且彼此分岔的点，而字母 c 则正好相反，它那美丽的半圆是如此优雅"。在他看来，蒂耶里是有罪的，其罪在于用前一个辅音替代了另一个，并且由此把词语转译成了古怪的方言。

争论中，占了上风的是诺迪耶的论点。而蒂耶里的论点则将落入遗忘之中，法兰西的历史将不会保留他的任何东西。然而，他倒是引用了伏尔泰的《论各民族的风俗与精神》中的话："丕平（Pepin）或曰皮平（Pipin）的王国从巴伐利亚一直延展到比利牛斯山脉和阿尔卑斯山脉；而卡尔（Karl），他的儿子，被我们恭敬地称为查理曼的那一位，完整地继承了这一切……"

我们可以问一下自己，诺迪耶的错失对谁有利？谁将受益于历史的重写？王党分子吗？各种各样的保守派吗？革命派吗？"进步主义者"吗？所有人都同意这一点：蒂耶里是个丑闻缠身的历史学家，既不应该教他的那一套，也不应该读他的书，当然，更不应该出版它。无论是左派还是右派，在一种"法兰西式欢欣"的效果下，都同意维持一种严格地遵循专制王权的法兰西历史的年表，一直到大革命为止，其中包括墨洛温和加洛林王朝，虽然还是很野蛮的，但毕竟已经法兰西化了。

然而，在11世纪法兰西语成为书写语言之前，重要历史人物的名字都还没有接受一种民族的和必须的惯用语的固定形式。只有拉丁语的文献得以保留下来。

到了13世纪，天主教教士们对我们的历史做了法语的撰写，但他们十分宽容地采用了法兰克阶段（période franke）的专有名词，当然也对它们作了法兰西化的处理，不过在这一方面并没有严格规定的规则，各人在撰写中只是凭着各自的臆想。有时候，他们一个字母一个字母地模仿着抄写拉丁语，有时候，则模仿着抄罗曼语，有时候，则两者都抄，如此一来，从一个世纪到另一个世纪，一种"怪异的专有名词学（onomatologie）"在法兰西编年史的手写稿中得到了传承：Clodovées，Clodouvées，Cloovis，Clodovaus，Clodois，Cloviez，Cloévis，Theoderic，Theodoric，Thederic，Tierri，Theoderik，Cherebert，Haribert，Karibert，Brunchilde，Brunecheut，Brunehoult，Nantilde，Nantheut，Karle，Lothaire，Lohier，Charlemaine，Karolomaine，Challes，Kalles 以及 Kallomaine。

日耳曼语、日耳曼－拉丁语、法语、半法语：法兰克的专有名词学依然是一片混沌，一些彼此很不协调的词形成于各种不同阶段，也在不同程度上变质。耳朵、嘴巴和手三个都是容易出错的地方。由此，出现了一些野蛮人的名字的极端改动，而且常常是不由自主地乱变：例如，原本的 Audowin 变成了 Saint Ouen（圣旺），又如，Chlodoald 变成了 Saint Cloud（圣克卢）。

蒂耶里不无嘲讽地设问道："都尔的格雷古瓦尔的抄本中，有一位法兰克爵爷的名字写成拉乌钦古斯（Rauchingus），这应该如何转写为法兰西语呢——罗山格（Rauchingue）吗？"

当蒂耶里谈"法兰克民族"（nation franke）时，我们不可以从字面上去理解，因为法兰克人并不是一个民族，而是由很多不同起源的部族结成的同盟，尽管他们全都属于条顿种族，或者说日耳曼种族。其中的一些归入了这一同盟的西部北部的分支，他们原始的习惯用语产生出了低地德语的种种方言土语，其余的那些则出自于中央地区的分支，他们最初的惯用语，稍稍显得柔和一些，而且有点儿混杂，后来变成了德国的文学语言。

法兰克人，当他们迎头痛击罗马势力时，也把他们的帝国扩展到了北海的海岸，从易北河的河口一直到莱茵河的河口，以及莱茵河的右岸。

高卢一带土地肥沃，是大陆上最富庶的地区之一。法兰克人的最初入侵可追溯到耶稣基督纪年之前。直到公元 3 世纪中叶之后，侵占和掠夺才变得系统化。法兰克人用一种不知疲倦的活动代替了他们军事上的弱点。他们毫不停歇地从莱茵河的另一边派出了一拨又一拨热血青年，他们的心中燃烧着奥丁传说中英雄的勇敢精神，以及在英灵之殿中正等待着他们的种种愉悦——瓦尔哈拉神殿[88]中著名的感官乐趣。这些年轻人中很少有人能再次渡河返回。他们的入侵会遭到罗马军团的残酷镇压，而莱茵河的日耳曼一侧的河岸则成了血与火的战场。但是，经过多年不懈的努力尝试之后，在公元 5 世纪下半叶，法兰克同盟中的一支终于完成了对高卢北部的征服。

法兰克人把他们长长的金发或棕发梳起来，盘在头顶上，像鸟类羽冠，并让头发披散下来，如同马尾。他们的脸颊刮得干干净净，只留两道长长的小胡子。他们身穿紧身的布衣，腰带上挂着利剑。但他们最喜爱用的武器是单面刃或双面刃的利斧，号称法兰克战斧，铁刃虽厚，却锋利无比，手柄则很短。他们还有一种特殊的武器——钓钩。这是一种带有锋利尖钩的短矛，足以用刺钩缠住罗马人的盾牌。法兰克人对战争充满激情与兴趣。正是靠了战争，他们才能在这个世界上变得富有，并且在瓦尔哈拉神殿中成为与众神同饮的宾客。他们中最年轻和最狂野的人有时候会在搏斗中体验到一种狂喜，获得一种无与伦比的能量，对痛苦毫无感觉。受了重伤后，他们也会站立不倒，并战斗到流尽最后一滴血。

西哥特人[89]和勃艮第人[90]对高卢南部与东部省份的征服，就完全不如法兰克人对高卢北部的征服那般来得暴烈。这两个民族长期游荡在日耳曼的土地上，跟所有人都发生冲突。出于生存的必要，他们就得迁徙，带着妇女儿童，移民来到罗马人的疆域中。通过长期的谈判，他们成功地安顿下来，定居在那里。进入高卢之后，他们也就变成了基督徒，尽管他们原本属于阿里乌教派，但表现出了宽容。而古代的勃艮第人——变成了如今的勃艮第人——相比于那些西哥特人，向来就显得更为宽容，他们的和善也是闻名遐迩的。他们所经历的一系列长期的失败，促成了一场大灾难——史诗作品《尼伯龙根》正是以这一灾难为基础完成的——这也大大地软化了他们的性格，打破了他们心中作为野蛮人与征服者的骄傲。他们不再把罗马人看作他们的农奴，而是看作与他们平等的人，并且在跟他们打招呼的时候称他们为"老爹"或"大叔"。

在罗马人充满疑惑的目光下，他们一边擦拭着武器，或者为他们长长的发绺抹油，一边引吭高歌，体现出质朴的性情。

西哥特人则征服了位于罗讷河、卢瓦尔河和加龙河之间的整个地区，并且表现出了对文明及其法规的兴趣。在希腊各邦以及罗马帝国境内的长期征战，让他们坚信，必须好好地保留罗马行政管理体系的种种法规。国王阿拉里克的继承者阿陶尔夫[91]把他的军队从意大利派往纳尔邦省。他想让罗马人的土地臣服于一个叫哥特的新帝国。但是，看到那里的人民不那么好管，他就认定最好还是不要触动法律，因为若是没有了法律，共和国就将不成其为共和国。后来的人或许会把他看成帝国的一个野蛮复辟者。

当克洛多维希[92]出现在卢瓦尔河的岸边时，恐怖的名声已先于他的军队到达那里。在入侵期间，法兰克人总是表现得残忍无比，报复心极强。高卢－罗马人和西哥特人的强烈反抗，给了他们实施暴行的理由。于是，大批大批贪婪又凶残的人四处肆虐，一直进军到比利牛斯山，掠夺城市，屠杀民众。他们瓜分了地方的财富，然后又返回来渡过卢瓦尔河，在那里，这个叫克洛多维希的人接受洗礼，成为天主教徒。

公元532年，克洛多维希的一个儿子，也是他的继承人，名叫提奥德瑞克（Theoderik）的，对他的战士们说："你们就跟着我去阿韦尔纳人[93]的地方吧，我会让你们走进一个你们想怎么拿黄金就能够怎么拿黄金的国度，在那里，你们可以尽兴地夺取羊群、奴隶、衣裳。"法兰克人就拿起了武器，再次渡过卢瓦尔河，一直奔向比图里吉人[94]和阿韦尔纳人的领土。一切都被毁灭，教堂和修道院被铲平。年轻的男男女女都被绑住了双手掳走，拖着步子走在行李后面，然后被当作奴隶卖掉。居民们大量地死去，或者因劫掠而变得一贫如洗。"他们曾经拥有的，一点儿都没留下，"一位编年史学家这样写道，"除了土地，因为野蛮人无法把土地都拿走。"

在法兰克人的那些国王中，克洛多维希被看作是一个很有政治头脑的人。正是他，为了建立一个帝国，牺牲了对北方诸神的崇拜而皈依基督教，由此跟那些正统教会的主教结盟。但是，尽管他很看重那些高级教士，尽管他跟罗马人妥协，他还是深受那些民族风俗的影响。法兰克人长期地听从他们血腥的冲动，让他们的劫掠有增无减。焚烧与抢劫既没有放过城市，也没有放过乡村，就更不用说那些教堂了。

有关法兰克人那些战役的历史资料之所以稀缺，一部分原因在于，他们改信了天主教，这一改宗在整个高卢地区是相当大众化的，而他们希望能抹掉流血的痕迹。真正有罪者的名字都被从传说中被画掉了，而他们的罪孽也被大量地转嫁到了匈奴人和汪达尔人的头上。

人们忘记了奥古斯丁·蒂耶里。人们把他扫出了历史书之外。那些谈论血统的权利、土壤的权利、这一或那一文明的绝对优势，或者为某一种委婉说法而强行压制"种族"一词的人，其实倒是应该好好地读一读他的书呢："尽管我们从名称到心灵全都是法兰西人，是同一个祖国的孩子，我们毕竟不是同一个祖先的后代。从最早的时代起，不同种族的很多人就居住在了叫作高卢的这片疆域中……"

因此，我们不仅是高卢人，还是凯尔特人、罗马人、汪达尔人、匈奴人、日耳曼人、诺曼人、匈牙利人、阿拉伯人。在六十年代，我们曾跟法兰丝·加尔[95]一起这样歌唱：

谁曾有过这样疯狂的想法

有那么一天发明了学校

是那位神圣的查理曼

神圣的查理曼……

只不过，他当初叫卡尔·马格努斯，而且他是日耳曼人[96]。

"玫瑰与铃兰生长之处，同样也会生出蜀葵"[97]

　　柏林，2013年2月9日。今天下午，我在街上闲逛，天气很冷，人们显得很平静，每个人都平心静气地为你让出通道。人行道很宽。没有多少车辆。与建筑相比，翻新后的立面更像是雕塑，甚至像奶油蛋糕，至于今日的建筑，它们就像是巨大的玩具。没有人住在里头：人们只在那里工作，而这就够了。我冲进一家大商场，它就如一座城中城。那里堆积的衣服至少够十倍的人口穿。我买了一双袜子：万一需要呢。

　　柏林墙倒塌之前来这里生活的人，很多都已不再留在这里了。柏林对于他们已不再存在，他们所了解的那一切都已不再存留。城市在死去，或许正因为太想活着，太想建造自己了。但是，在高如悬崖的玻璃与钢筋混凝土的外墙上，在不锈钢的梁柱之间，已经生长出一些病态的瘦弱之花：它们是我们最后的敬意，我们嘴唇颤抖地向它们致敬。

　　柏林，晚上。一阵冰冷的风穿透我的全身。我很喜欢这样的表达法："天做冷。"（il fait froid）。做冷：动词"做"让冷变得更冷——说"有冷"（avoir froid）则是在加热，而说"是冷"（être froid）则把血都冻住。"德国的春天，永远，都不来临。"本雅明这样说。

　　一家巨大的咖啡厅，在一个无边的屋顶下，可在那里喝酒。所有人都说意大利语。我去那里说我的外国话。这里的意大利人不算太不幸，即便远离着他们的太阳，远离着他们的感情洋溢。就像在世界各地一样，他们重造了一个小小的意大利。

　　那么，让我们就去那里来上一瓶托斯卡纳区博尔盖里镇的伊特赫拉红酒。

　　在过窄的高脚酒杯中，这葡萄酒很憋闷。它想出来透透气。它有一种煮熟了的樱桃的气味。我由此想到了荨麻地，那些坏孩子把我们扔进那里头，我们赤裸的腿便生出剧烈的疼痛。我想到了我的童年，想到了那些无忧无虑的笑声，想到了七月份那温热而又柔软的青草。夏天，还有这张开了双臂的太阳，来晒红我们赤裸的后脖颈。当童年重又回到我的心中时，我就满心是爱。一个海星在沙滩上：我也许会为它而哭，哭它的僵硬，哭它死去的完美。

　　童年的眼泪在一句记得很熟很熟的诗句中被抹去。在课堂的讲台上，我单腿站立着，背诵我的诗歌，一字不落。整个班级全都乐坏了，所有人都在高呼："大秃鹳！大秃鹳！"

　　我就像一只非洲沼泽地的大鹳，一手扶住胫骨，维持着平衡，沉着冷静地继续背诵道：

　　　　我将不说，我也什么都不想：/但无限的爱涌上了我的心，/我将远去，走向远方，就像一个波希米亚人，/顺着本性，幸福得如同伴着一个女郎。[98]

　　我听到我的同学在大喝倒彩。我汗如雨下，我像是深陷在泥土中，在那里舔着鹅卵石。在老师的责备下，我整个可怜的羞怯心像一道断墙轰然倒塌。身穿蓝色尼龙上衣的男孩子都有些怕我，他们的嗤笑消失了：诗歌完成了。

"最和谐之悲伤的快乐"

巴黎，1933年10月26日。瓦尔特·本雅明下榻于在圣日耳曼街区杜福尔街的王宫旅馆。他离开伊比萨岛时非常虚弱，因为患了疟疾。他孤独一人。他很贫穷。他继续保持跟葛蕾妲·卡尔普鲁斯的通信，始终署名为戴特莱夫·霍尔兹，而她则署名斐丽茜塔——或者是你的小斐丽茜塔，或者是你的老斐丽茜塔。"说到这个，我们为自己选的这些名字的意义又回到了我心中：这是为了让我们切实地感到，我们已经变成了别的人——而不仅仅只是通过游戏，就像通过昵称那样。我们在这里头倾注了很多的热情，常常，它就是我们真实生活的反面。"

　　对葛蕾妲来说，这一笔名让她不时地变成一个"小说人物"。在通信中，没有任何东西是无价值的："一种如同我们之间关系的关系，在具有一些巨大危险的同时，同样有着可观的好处，尤其是，它是绝对原创的，独一无二的，根本就不可能跟任何别人相混淆，并在其中丢掉自身独特的轮廓。"

　　她对他总是温柔可亲，几乎到了颇有些暧昧的程度："我很想念你。你有没有感觉到我对你说的意思？"或者甚至这样："我渴望得到你的词语。晚安，我的小木头，让我开心吧，好好睡觉，快快地恢复过来。我热切地等待着你的回答。"

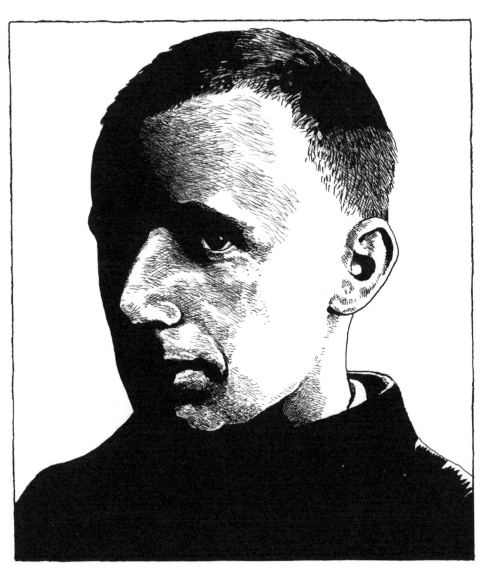

　　这一关系，他们执意要让它变得悲怆动人——并且非常隐秘。在这些信件中，本雅明对她远比对他的朋友阿多诺、肖勒姆或贝尔托特·布莱希特等更交心，跟这些人，他总是很自然地采用一种智性的调子，而且常是过分地抱着批评态度。

　　她继续定期给他寄钱，"小小的玫瑰色纸张"，以汇票的形式。

　　12月，又一次，本雅明感到自己"心力交瘁"。在他眼中，一切都那么阴沉黯淡。孤独压得他透不过气来。无论他怎么努力，他始终没法跟那些巴黎人建立起真正的友谊。

　　自从阿道夫·希特勒掌握政权以来，巴黎涌入了大约三万德国难民。法国就这样成了一方接受难民的优选之地。种种反法西斯主义的协会纷纷成立。流亡的噪音找到了一种回声。一家"自由图书馆"诞生了，它的众多目的之一，就是找回并收集所有被纳粹所焚毁的书籍。但是，本雅明与这些倡导保持着一定距离，正如在柏林的时候他对一切积极活动都扭过头去不予理睬那样。而移民中的共产党组织也主动地抛弃了他，认定他太不正统了。

  对那些移民，本雅明避之唯恐不及，即便在咖啡馆里也是如此。"移民比德国佬更糟。"他这样对肖勒姆承认道。

  节日一过，他就离家远远的，在几年之后重新鼓起勇气重又投入对《拱廊街》的笔记准备之中，他从 1927 年到 1940 年间不时地撰写，最后，他把书名定为《巴黎，19 世纪的首都》。

  在全书的六个章节中，他将尝试着用"唯物主义历史学家"的眼光，来解释 19 世纪的秘密——恰如他当初的论文《德国巴洛克戏剧的起源》是一种回顾 17 世纪的尝试。

在该书的每一章中，他都会把一个作者跟一种技术发明或一种环境紧密地联系在一起：傅立叶或是拱廊街，达盖尔或是全景画，格兰维尔或是世界博览会，路易－菲利普或是室内，波德莱尔或是巴黎的街道，奥斯曼或是街垒[99]。

本雅明很认真地处理了这些章节，以求弄明白每一个技术新发明所揭示的社会乌托邦——以及不幸——究竟何在："技术背叛了人类，把新婚之床变成了一场鲜血之浴。"他匆匆凑起一些没怎么经过阐释的引语，一些思想的碎片，仔细地归类到一种布局中，而其中的一部分实在是难以参透。此书没能最终完成，显得如同"一个堆积着散乱材料与废墟的场所"。面对着这一博学而又晦涩的理论建筑，读者——他苛求读者得有一种最为苛刻的态度——应该会变成"历史的天使"。

本雅明尤其感兴趣的是 19 世纪的建筑材料：钢铁与玻璃，它们用来制造出火车站、菜市场、拱廊街。他在钢铁中看到了对皮条客的隐喻，在玻璃中则看出了对妓女的隐喻。这些材料，他把它们重新放回到原处，在未完成的古典主义的位子上，带着它那些立柱以及其他古代的装饰物。在他看来，这个钢铁与玻璃的世纪显然是"魔幻般的"。但是，对 20 世纪的建筑材料，又能说什么呢，钢筋混凝土吗？他所揭示的又是什么样的魔幻之物呢，它对以往各时代竟没有借鉴任何东西吗？钢筋混凝土把往昔时代打了一个落花流水。它是历史的死敌。透过它对一种持久坚固性的追求，它觊觎着永恒性，即历史的终结。19 世纪本希望能提供给 20 世纪的那一部分梦幻，被遗忘在了钢筋混凝土的洪流底下。而 20 世纪则从容不迫地流入 21 世纪之中，不受责罚，逍遥自在。

当他把题为《闲逛者》的那个章节寄给纽约的社会研究所时，它将会遭到阿多诺和霍克海默的拒绝。

现在，他每天都去国家图书馆——这里已经不再外借图书了，所以他不得不整天坐在宽敞的阅览室里。但是，图书馆六点钟就会关门，到了那一刻，他就只得回家，独自面对他自己，度过漫漫的长夜。

　　偶尔，机会难得，他会跟某个认识的人一起外出，如汉娜·阿伦特[100]。他是1930年认识她的，一段时间里，她还是他的表亲威廉·斯特恩[101]的妻子。晚上，她在国家图书馆的门前等他。他为她读他写的最后那些文本——他总是喜欢高声朗读——然后，他们一起在巴黎闲逛，直到深夜。她温柔地昵称他为"本吉"。

　　根据1933年7月24日的法令，即由帝国内阁通过的关于废除身份归化以及丧失公民权的法令，本雅明由于身为东方的犹太人而丧失了德国国籍。他父亲在柏林居住了将近五十年，以及他祖父是维也纳的一位重要工业家这些事实，并没有改变这件事。就这样，他成了一个没有身份的人。

到了 2 月，他的经济状况走向恶化。他都快付不出房租了。《世界报》欠他的稿费迟迟不到。威利·哈斯[102]的杂志《文学》也欠他的钱。既然杂志不再出版了，他的报酬也就再也拿不到手了。

于是，他的生存就只能靠"小小的玫瑰色纸张"了。白天，他基本就躺着，全然一副麻木不仁的状态，"既不需要任何什么，也不见任何人"。但他至少还有这样一点点安慰，即他的《拱廊街》一书的工作还在进展之中。

3 月，他又一次尝试着去见人。前出版商弗朗索瓦·贝尔努阿[103]接待了他。此人主持着一个文学俱乐部，叫"1914 年之友"，并计划邀请他加入。不过，这一建议后来也没了下文。

他去拜访了希尔薇娅·毕奇[104]，莎士比亚书店的书商，同时也是詹姆斯·乔伊斯的出版人，他觉得她是一个很好打交道的对话者。除了汉娜·阿伦特，他还很快结识了摄影师吉赛尔·弗伦德[105]，并与她结下友谊。

"太阳照耀时，鸟儿就欢笑，"葛蕾妲唱道。她去电影院，发现了一些美国电影。放映乔治·丘克[106]的《八点的晚餐》时，她兴奋不已："对这部电影，实在是有很多的话可说，人们几乎都有这样的感觉，即电影还想要转为艺术。"

1934 年 4 月 3 日。本雅明离开了富尔街，搬到他妹妹朵拉家住，就在第 16 区的茉莉花街 25 号乙。

美丽的日子来到了，随之来到的，是树上开满了花。"春天让花蕾就像小孩子一样躁动。"

葛蕾妲一直都是病恹恹的。似乎没有任何良药能改善她的神经疼和不断消瘦。她颇有些夸张地说："除去极少数，医生们大都只是一些拥有中学毕业证书的仆人。"然而，对于她，生活在德国继续着。她经营着她的制鞋厂，纳粹制度并不怎么让她忧虑。她建议本雅明去参加德国作家协会，这样就能在他的国家出版作品了。她邀请他前去柏林，以便进一步强调他的要求。但本雅明没有回应。他完全沉浸于他的巴黎生活之中，不断地摇摆于绝望与热情之间："我又一次展开了一种让我自己都惊讶的活动，但是，由此而带来的几乎彻底的隔绝让我实在疲惫不堪，它需要我做出异乎寻常的努力，才能重新找回一种形式，帮我重新进入与人类的接触。"

5月24日，他给她写信道："事情有时候可能会稍容易一些，假如你知道在什么样异国情调的和耐寒的花卉形式之下，你会出现在我那叶子几乎全掉光了的生命之树上。"

他跟《新法兰西评论》杂志开始了接触。5月25日，让·波朗[107]用气压快信[108]回答他说："我将很高兴认识您。您能不能在下星期某一天的晚上六点（除星期一和星期六外）来一趟《新法兰西评论》？"

本雅明撰写了一篇关于约翰·雅各布·巴霍芬[109]的随笔。波朗一年后明确地拒绝了这篇文章："您的风格如此不确定，如此经常地出错，如此偏离问题的难点，以至于我甚至都不知道该如何建议您修订或改善了：整个的研究都得重写。"《新法兰西评论》周遭的小小世界对他彻底变成了一块禁地。

葛蕾妲记得很久之前他们之间的一次对话："有一天你对我说过，一个男人只有保持忠诚才能过上一种正确的生活，但是对一个女人来说，事情可就不一样了。"本雅明并没有说清楚想法，并且从此就不再谈论爱情，针对葛蕾妲的反复激励、恳求，他只是固执地报以一种沉默的彬彬有礼。

对于她，他是怎样的一个人呢？一个朋友？一个想象中的情人？第二个伴侣？——"假如我们住在一起，我会很喜欢的，但是我不知道你会怎么想，我也没有跟台蒂[110]谈过。"

本雅明占据了"大哥哥"或者"温柔的听人倾诉衷肠者"的位子。至于葛蕾妲，她常常是模棱两可的，随心所欲的，在厌烦的时候，她会任由自己尽情地吐露心声，但很快就会自行约束："我爱台蒂，我可以为了他而背叛我的朋友，犯下卑鄙的罪孽。"她很容易心绪烦躁，那时候，便会表达得很混乱，把她秘密的欲望跟她的种种遗憾混淆在一起。要对她的话加以某种发挥的话，那我们可以说，玫瑰也是有刺的，而万物并不总是玫瑰色——"愿这个就留在你我两个人之间"。

在她的一封封信中，问题反复提出，令人烦忧："友谊与爱情之间的微妙界限究竟在哪里？"

在他们的通信中，从来就没有任何事情让他们产生嫌隙。他们之间的同谋关系是永存的。只有一次例外，那是在她谈到贝尔托特·布莱希特的时候——本雅明是从 1929 年 5 月起认识布莱希特的。跟阿多诺以及肖勒姆一样，她也对流亡到丹麦的那个戏剧家表现出强烈的反感。究竟是他的艺术，还是他的为人，还是他那刺耳的腔调，让他们产生了嫌恶？总之，他们不会放过任何一个机会对本雅明说三道四。尽管葛蕾妲通常会避免这一话题，但在 5 月 27 日那天，她再也无法抑制她的情感："我们几乎不怎么谈及布莱希特。我认识他远不如你长久，也远不如你了解他，但是我对他的看法实在是保留很大余地的。我在这里只想提其中的一点：当然了，就我所知，他有时候会从根本上缺乏常识。我觉得，与其进入到细节之中，目前更重要的还不如是要说出，我有时候会有一种感觉，即你在某种程度上受到了他的影响，而这对你构成了一种巨大的威胁。"

至于布莱希特，他总是会以他的敌意来回敬他们。在他看来，弗里德里希·波洛克[111] 与霍克海默只不过是"一对小丑"，前者出身于良好家庭，而后者则是百万富翁——"靠了他们的钱，他们把十几个知识分子拎出了水面，而这些人则反过来被迫给他们提供自己所有的作品，却不能保证得到出版。"

1934 年 7 月。本雅明前往布莱希特在丹麦的住地，位于费英岛最南端的斯可夫斯波斯特朗。他后来将在那里度过三个夏季。那里的天空常常是灰色的。附近没有什么值得散步的去处，因此，他几乎整个白天都在伏案工作，而斜斜的屋顶有时候会有一道光线投下。到了晚上，两个朋友就投入到没完没了的争论中。然后，"会下一两盘棋，这就算是在我的生活中引入了一点点多样性，而它们也呈现出海峡的灰色和统一的色彩，因为我很少会赢"。

　　本雅明抱怨自己没有钱，但是他并不想滥用布莱希特的慷慨，因此他去求葛蕾姐，请她再给他寄上一张"小小的玫瑰色汇票"。

　　在丹麦，本雅明第一次在广播中听到了希特勒的声音。他写信给肖勒姆这样说："你能想象它的效果。"

　　10月底。本雅明动身前往马赛，要去那里见让·巴拉尔[112]，他是《南方手册》的出版人，也是他唯一真正的法国对话人。

　　他对安德烈·布勒东也非常感兴趣，后者刚刚发表了《黎明时刻》。他很想"深入地"读一读它。

　　1935 年 2 月 10 日，本雅明前往意大利的圣雷莫，来到绿色别墅，那是他的前妻朵拉买下来的家庭公寓。

　　"我连续几个小时，甚至连续好几天情绪低落，我想我都已经好几年不这样了。那不是一种痛苦，就像人们在生活太充实的阶段所感觉到的那样，而是一种苦涩，它是靠空虚来滋养的，并且流淌在空无之中。"

　　"对我来说，有一点是十分清楚的，这一糟糕情绪的起源，全在于我在这里的生活状态，以及我那难以想象的与世隔绝，我不仅切断了与人们的来往，而且还碰不到书籍，说到底，甚至还与大自然脱离——因为天气实在太差。每天晚上九点之前就上床，每天走的都是那几条同样的路，我相信，很久之前，我就已经走过了无数遍，什么人都遇不到，每天还咀嚼着同样乏味的对未来的思考，最终，正是这样的生活条件，它们不能带来别的，只能激起某种同样严重的危机，即便是在一个内在机体十分强壮的人的身上。"

敬告读者

　　1935年3月底。本雅明在摩纳哥以及周围地区小住了一段时间。他没有钱，比任何时候都更穷。他对自己说，为了活下来，他随时准备写任何文章来换钱。在美国的社会研究所的某些成员计划要横渡大西洋，前往日内瓦。他打算去见见他们。说不定他们还能给他一些什么帮助呢。在巴黎，他的妹妹病得很重，根本不可能住到她家里去——"我实在不明白，我为什么要为了钱而专门来一趟巴黎，把自己累得够呛。一来到火车站，我就无法走得比这个地方更远了。"

他的处境相当令人不安："天气很好。当人们在上午或者在下午漫步很远时，便会来到一个地方，而一旦到了那里，在相当长一段时间里，人们便会忘却烦恼，而为自己还能活在世界上感到高兴。相反，在返回的路上，人们常常就会丧失勇气，不敢跨越旅馆的门槛，因为他们还欠着旅馆老板的房费呢。在那里，他们还得跟最为滑稽可笑的人打招呼，因为，旅馆老板的那张脸实在滑稽可笑[113]。"

葛蕾妲总是好心地安慰他："假如我还有漂亮的首饰就好了，那样的话，我至少还能为你典当。"

　　有一件事于她是最为紧迫的：本雅明写作的《拱廊街》。她建议他不要在霍克海默担任领导的研究所的那份杂志《社会研究杂志》上发表它："它的框架相对较狭窄，你恐怕永远也写不出你真正的朋友们多年来一直期待你写的东西，要知道，一部伟大的哲学著作，它只因其自身的意愿而存在，它不会做丝毫的让步，它应该凭借其重要性，大大地为你补偿近年来所有的损失。"

因此，她坚持让他远离任何的忍让妥协，而不管那会给他带来什么样的后果。

本雅明回到了巴黎。波洛克从研究所方面为他提供了一点物质上的帮助——但只是暂时的。他再一次搬进了一处带家具出租的陈旧房屋，那是第十五区的罗巴尔－兰黛别墅 7 号。

现在，他写给葛蕾妲的信少多了。她为此抱怨不已。她觉得他是"如此沉默寡言"。

作为回答，他告诉她说，为孩子们写的最好的法国新书的主人公是一头大象，它的名字叫巴巴尔[114]。

为了逃避她的种种问题，摆脱外部世界，本雅明躲藏进了书籍："既然能给人以慰藉的一切都发生在精神的王国，那我就不愿意再离开这个王国了。"不久的将来在他看来是如此阴暗。又一次，他乞求"一张小小的纸"。

10月，他搬家到第十四区的贝尔纳街23号。他的情绪低落到了极点。他的思想带有一种未卜先知的调子："我不知道我是不是还能够在西欧活很长时间；我只知道，假如那里人们的预期寿命跟现在还是一样的，那么，随着时间的推延，它一定会大大地减短。"

然而，他还是不断地工作，并且频繁地造访书商阿德丽安娜·莫尼埃[115]，他越来越欣赏她——反过来，她也一样。她同时还经营着一家外借的图书馆，正是靠了这家图书馆，他得以有条不紊地深入研究不少涉及19世纪巴黎的著作，另外，同样也研究了那些论及摄影以及其他艺术理论的作品。因此，在1935年10月9日的一封信中，他热情洋溢地写道："最近几个星期，我确认了当今艺术的秘密结构——艺术的当今处境的结构——有助于认清对我们来说，什么才是决定性的因素，什么又是第一次在19世纪艺术的'命运'中占据主导地位的。"他承认，他的理论有可能被当作神秘术，他总结道："我所发现的19世纪艺术的面貌，只是在'现在'才能够被人认识：之前，它从来就没能如此，而之后，它也将永远都不能如此。"

他没有忘记补上一句："我要用一条胳膊搂住你，很久很久以来，这条胳膊已经很久没有做这个动作的习惯了。"

现在，他跟皮埃尔·克洛索夫斯基[116]一起工作，后者当他的翻译，为他翻译一些文章，使之得以用法语发表。也正是通过克洛索夫斯基，他终于能够"小心翼翼地"接触安德烈·布勒东的那个小圈子。1936年1月9日，他向葛蕾姐宣布："下一个星期二，我将去参加团体的一个会议。"

然后，就没有了下文。

7月初，他又去他朋友布莱希特那里小住，就在那片气候恶劣的丹麦海岸上。他尽可能地追踪着发生在西班牙的那些事件，但是他根本听不懂丹麦电台的广播，同时也找不到法语的报纸来看。

　　刚刚爆发的西班牙内战让他十分揪心，尤其因为战争也波及伊比萨岛——这个岛对他是那么珍贵。他知道，将在西班牙发生的战况会产生什么后果，尤其是对法国。就此，他实在想不到眼前这突如其来的灾祸要发展到什么程度才标志着欧洲倾覆的开端。他有时候会自问，地球上有幸能免于独裁统治的那一半，还能维持多长时间，而在什么期限里，必须"拿这一半跟另一半交换"。

　　他并不是对世界的现实无动于衷，但他清醒地与之保持着距离。首先，是因为他与世隔绝。然后则是因为，他没有什么听众，在这一点上，他跟不少来自有千差万别的领域的知识分子正好相反。例如，他的那位柏林同胞，达达主义者拉乌尔·奥斯曼[117]。本雅明曾跟他于同一时期小住于伊比萨岛——但是本雅明和他实际上并不怎么来往。有一段时间，此人还领导过外国人反法西斯主义委员会，后来他遭到长枪党人[118]和盖世太保的追捕。

　　一年前，在巴黎的互助联合会会堂召开了保卫文化国际代表大会。作家们试图建成一个反法西斯主义的统一战线。本雅明参加了会议与讨论，但并没有发言。布莱希特出言犀利，简直有些吓人。在他看来，假如说，短短四天时间里，知识分子已经在巴黎拯救了文化，那么，这很快就将抵得上一千万到两千万条生命。

从西班牙内战的第一刻起，艺术史学家艾利·福尔[119]就前去支援共和派军队。这是一个六十三岁的男人——因为得了病，短短几个月后，他就于1937年10月29日死在了巴黎——当时，他前往巴塞罗那、马德里、托莱多以及瓜达拉马的前线。

　　他的积极介入极大地激励了年轻的战士们，他们全都想跟"这位法国作家"握手。他对西班牙人民的忠诚是绝对的："如此遭人误解、如此坚强地忍受着苦难与痛苦、如此正直朴实的西班牙人民，都是现实主义的以及普遍意义上的民主派，是平等主义者，生性自豪、快乐，脾性敏感，智性上既深沉又微妙，承担着人类的义务，尽管他们几乎也是狂怒的幻术家，以一种强大的幽默精神，体现出他们绝望的生命观，甚至还有对死亡的趣味。"

　　在他的那本《回忆录》中，路易斯·布努埃尔[120]这样说到艾利·福尔："我还能再看到他，站在他卧室的窗前，穿着他长长的没及脚踝的衬裤，看着大街上示威游行的人，示威已经成了人们每天的日常活动。他看到武装起来的人，会激动得流泪。"

　　艾利·福尔知道，如果西班牙共和派投降了，那么，"全世界的伟大崇高就将沉沦"。要不，他们将存活下去，要不，"我们将全都死去"。他对雷翁·勃鲁姆[121]的柔弱以及彻底缺乏斗争精神感到愤慨，勃鲁姆曾是他在亨利四世中学时的同学。在一个"焦虑之夜"，即1937年3月14日到15日的那一夜，艾利·福尔写下遗嘱，发出了绝望的呼吁：

　　"雷翁·勃鲁姆，您肩负着人民大众的希望。您已经为他们做了很多，您还将做得更多，这一点，他们都是知道的。但是，也恰恰是因为这一点，他们才很难明白您何以放弃了西班牙。他们并没有要求您给予它援助，并不比西班牙本身要求得更多。他们要求您的，就像西班牙要求的那样，是让人们尊重它的权利，那就是向法兰西购买武器、装备、生活用品。他们还在要求您这一点，他们只要求您这一点。"

"……雷翁·勃鲁姆，您是一个有高度教养，有伟大心灵的人，您还要等待什么才能行动呢？请您表现出配得上正看着您的那些痛苦的人民，配得上正遭受惩罚、玷污，陷在泥淖中的法兰西吧，它每天都在被它的媒体践踏与谋害啊。请表现出配得上您自己吧。假如您行动起来了，雷翁·勃鲁姆，您就能够想象，到明天，在法国国内和国外，您将拥有何等巨大的力量啊。"

　　对正在上演的悲剧，本雅明什么都没说，或几乎什么都没说。在他看来，令人感到忧伤的，"是那些正在思考的人的沉默，正是因为他们在思考，他们才会那么难以把自己看成知道怎么做的人"。而他承认，他自己也属于这一类人。

　　1936年，是人民阵线[122]的年份。本雅明对此非常感兴趣，但也有一定的怀疑。一年之后，他将变得更为尖锐。他将谴责这不甚牢靠的联盟的无动于衷，认为它无法体现和代表社会主义。

  在《历史哲学论》中，本雅明把自己认同为僧侣，其戒律是要教导对人世间万般虚荣的鄙视。他谴责那些宣称要反对法西斯主义的政客，因为，在他看来，他们背叛了他们的事业。他们对进步和对"大众"的盲目信仰，以及"他们对一个不可控制的机械的奴役"剥夺了他们整个的信誉。他们仅仅只是，而且还将永远只是一些政客。本雅明拒绝跟他们的任何同谋关系。历史将证明他是有道理的。

　　1936年秋天，他动身前往圣雷莫。前妻朵拉以及他们的儿子斯蒂芬就生活在那里。少年已经十八岁了，正经历着一场严重的精神危机。他感觉自己成了一种暴烈的遗弃的牺牲品，并拒绝跟父母说话。他的痛苦有转变为精神病的危险。本雅明茫然不知所措。他咨询的那些精神病学家不能给他带来任何帮助。他便一个人带上斯蒂芬去旅行，去了威尼斯和拉文纳。几天之后，他气恼地返回，把儿子留给了朵拉，然后自己又回了巴黎。

　　1937 年 3 月，社会学学院在巴黎创建，它把米歇尔·莱里斯、罗歇·卡尤瓦、乔治·巴塔耶[123]、皮埃尔·克洛索夫斯基等学者全都聚集在一起。本雅明跟他们之间的关系非常真诚，几乎可说是很热切，尽管他们彼此间有着严重的分歧。他给他们的活动场所起了个外号，叫"神圣的社会学学院"，把它看作某种由色情主义与形而上学来控制的"秘密社团"。至于巴塔耶，他在本雅明身上看到了他那"非常高的道德意识"。在他"凝固的、僵硬的、权威的"外表下，他发现了"一个天使般的心灵"，他还补充说："因为，这真的是一个天使一样的人，就像是一个被人贴上了小胡子的孩子。"

　　此时，本雅明在霍克海默尤其是在阿多诺密切注视下，为《社会研究杂志》工作。他们的观点并不完全等同于他的观点，但他以一种特别的乖巧和外交手腕默默地听从他们。对他来说，研究所代表了他几乎唯一的收入来源——尽管是那么低微。他每月能拿到一千五百法郎，而等到他在 1937 年秋天成为永久的合作者之后，在此收入的基础上，还能再加八十五美元。

　　他跟研究所坚持严格意义上的马克思主义路线的人曾经爆发多次争执，但最终总是以他屈服而收场，基本上都是出于经济上的原因，这让他非常绝望。他非常贫困：他的钱仅够支付一个毫无舒适居住条件可言的房间的房租。至于日常生活，他并不能每天都吃上一顿像样的饭，而且根本无法购买书籍。研究所的合作者们工资都不高，然而所长及其亲信却有一份相当可观的薪水。不过，霍克海默还是以自己的方式支持着本雅明的工作，尽管他们意见不合。

　　1938 年 1 月，本雅明搬到了第十五区的东巴勒街 10 号居住。这是他在巴黎的最后一个地址。像很多移民那样，他倒是更希望生活在法国南方，或者外省的其他地方，毕竟，在那些地方生活费用相对要便宜一些。但是《拱廊街》的写作死死地困住了他，国家图书馆中藏有的那些著作对他是须臾不可或缺的。

　　如果说他在巴黎感觉很孤单，感觉被隔绝，那是有很多原因的，其中的一大原因就是他坚决不向那些积极活动家蛊惑人心的宣传让步。他根本就不打算以反对法西斯主义为借口，采取反法西斯立场，并以任何理由来出卖他的思想，无论这个理由有多么正当。

　　他不向现实的压力屈服，他严格地坚守自己的哨兵地位，为一种尚未揭示的历史、一种当下对被征服者的过去有亏欠的历史站哨。他传达的信息，带有明显的弥赛亚主义的印记，是毫不妥协的：这一话语要跟野蛮做斗争，它不应该向野蛮的话语，即宣传——所有的宣传——的话语本身借任何东西。拯救世界，就是拯救话语。

　　本雅明爱巴黎，巴黎却不怎么爱他。然而，他的姓名将跟这个城市紧密联系在一起，紧紧地连接在它最不被承认的隐晦部分：它的乌托邦天性。

　　他在巴黎的废墟中发掘出了对一种赎罪的承诺。巴黎欠他的实在太多。巴黎很快就应该破解他的神秘话语。它应该知道，它将为它那梦幻般的旧世纪——19世纪——感到自豪，这个世纪掌握着梦幻的钥匙。它将为这个晦涩的作家感到自豪，这个作家同时也是批评家和哲学家，他为它递上了一面放大镜，透过它，显现出的是失落者的历史、废弃物、迷失的噪音、狂热、傲慢、反抗。

1938年3月9日，瓦尔特·本雅明恳请法国司法部长允许他获得法国国籍。但司法部门没有回答他。

资料来源

Walter Benjamin
Correspondance I, II
Aubier Montaigne, Paris, 1979

Walter Benjamin, Gretel Adorno
Correspondance(1930-1940)
Gallimard, Paris, 2007

Walter Benjamin
Lettres françaises
Nous, Caen, 2013

Walter Benjamin
Oeuvres I, II, III
Gallimard, Paris, 2000

Walter Benjamin
Charles Baudelaire.
Un poète lyrique à l'apogée du capitalisme
Payot, Paris, 1982

Walter Benjamin
Paris, capitale du XIXe siècle
Cerf, Paris, 1989

Walter Benjamin
Écrits autobiographies
Christian Bourgois, Paris, 1990

Walter Benjamin
Écrits français
Gallimard, Paris, 1991

Walter Benjamin
Images de pensée
Christian Bourgois, Paris, 1998

Walter Benjamin
Sens unique
précédé de Une enfance berlinoise
Maurice Nadeau, Paris, 2007

Walter Benjamin
Expérience et pauvreté
Payot & Rivages, Paris, 2011

Walter Benjamin
Critique et utopie
Payot & Rivages, Paris, 2012

Tilla Rudel
Walter Benjamin l'ange assassiné
Mengès, Paris, 2006

Bruno Tackels
Walter Benjamin. Une vie dans les textes
Actes Sud, Arles, 2009

Jean-Michel Palmier
Walter Benjamin
Les Belles-lettres, Paris, 2010

Walter Beniamin. Archives
Klincksieck, Paris, 2011

Leonardo Sinisgalli
Poèmes d'hier
Orphée/La Différence, 1991

Franz Kafka
Journal
Bernard Grasset, Paris, 1954

Ludwig Hohl
Paris 1926-la Société de minuit
Attila, Paris, 2012

Léon-Paul Fargue
Le Piéton de Paris
Gallimard, 1932

Jean Follain
Agendas 1926-1971
Seghers, 1993

André Breton
Nadja
Gallimard, 1928

André Breton
Manifestes du surréalisme
Jean-Jacques Pauvert, Paris, 1962

André Breton
Entretiens
Gallimard. 1969

Hayden Herrera
Frida, biographie de Frida Kahlo
Anne Carrière. Paris. 1996

Jacques Hillairet
Évocation du Vieux Paris
Minuit. Paris, 1956

Élie Faure
Méditations catastrophiques
Édition établie par Jean-Paul Morel
Bartillat, Paris, 2006

Luis Buñuel,
Mon dernier soupir
Laffont, Paris, 1982

注 释

1. 雷兹枢机主教（Cardinal de Retz，1613—1679），法国天主教主教、作家，投石党运动的领袖人物之一。所著《回忆录》不仅是研究投石党运动的珍贵史料，也是一部文学名著。

2. 莱奥纳多·西尼斯加里（Leonardo Sinisgalli，1908—1981），意大利诗人、艺术评论家。

3. 穆拉诺岛（Murano），威尼斯潟湖上的一个小岛，以遍布全岛的一家家吹制玻璃工艺品的小作坊而闻名全球。

4. 埃兹拉·庞德（Ezra Pound，1885—1972），美国著名诗人、文学家，意象主义诗歌的主要代表人物，死于威尼斯，并埋葬在那里。《不确定宣言3》对他有一定篇幅的描写。

5. 卡托维兹（Katowice），波兰南部城市，位于波兰南部西里西亚省。蒂黑（Tychy）就在附近。

6. 格奥尔格·西美尔（Georg Simmel，1858—1918），德国社会学家、哲学家。

7. 奥斯曼男爵（Georges-Eugène Haussmann，1809—1891），法国城市规划师，1853年成为塞纳省省长，并获拿破仑三世的重用，主持了19世纪50到60年代巴黎城市改造的巨大工程。当今巴黎都市的辐射状街道网络的形态即是其代表作。

8. 这是当年贴在巴黎地铁墙壁上的一则很有名的开胃酒广告，包含有节奏十分明快的文字游戏，"Dubonnet"是该开胃酒的牌子。

9. 葛雷柯（Greco，1541—1614），西班牙文艺复兴时期画家、雕塑家、建筑家。Greco的意思是"希腊人"。

10. 雷翁-保尔·法尔格（Léon-Paul Fargue，1876—1947），法国诗人。

11. 鲁德亚德·吉卜林（Rudyard Kipling，1865—1936），英国作家、诗人，生于印度孟买。代表作有《吉姆》等，1907年获诺贝尔文学奖。

12. 路德维希·霍尔（Ludwig Hohl，1904—1980），瑞士德语作家，一生穷困潦倒。

13. 贾科梅蒂（Alberto Giacometti，1901—1966），瑞士雕塑家。苏丁（Soutine，1893—1943），生于白俄罗斯的犹太裔法国画家。他对表现主义绘画有很大贡献。

14. 布莱兹·桑德拉尔（Blaise Cendrars，1887—1961），出生于瑞士的小说家和诗人，后加入法国籍。弗兰茨·海塞尔（Franz Hessel，1880—1941），德国作家和翻译家，他翻译了法国作家普鲁斯特的小说《追忆似水年华》。约瑟夫·罗斯（Joseph Roth，1894—1939），犹太裔奥地利作家、记者。克劳斯·曼（Klaus Mann，1906—1949），德国作家。

15. 美丽城（Belleville）是巴黎的一个街区。

16. 丰特奈玫瑰镇、苏城、罗宾孙镇都是巴黎南郊的几个地方。

17. 瓦尔兰（Varlin，1900—1977），瑞士画家。马塞尔·彭赛（Marcel Poncet，1894—1953），瑞士画家。夏尔·费迪南·拉缪（Charles Ferdinand Ramuz，1878—1947），瑞士法语作家。保尔·布德利（Paul Budry，1883—1949），瑞士作家、记者、艺术批评家。

18. 圣马丁门（Porte Saint-Martin）和圣德尼门（Porte Saint-Denis）都在巴黎，而且离得很近，都在第十区。两个城门的原址都是查理五世时代的城墙所在地，都曾是巴黎的防御工事。

19. 儒安维尔 - 勒 - 蓬（Joinville-le-Pont）是巴黎东边近郊的一个镇。

20.《在少女们身旁》是普鲁斯特七卷小说巨著《追忆似水年华》的第二卷，1919 年出版并获得当年的龚古尔文学奖。

21. 蒙帕纳斯街区中有一个叫做"蜂巢"的地方，那里有一百来个小小的画室或曰工作坊，居住和工作着来自世界各国的众多流亡艺术家。

22. 苏丁，见上文注解。克里曼尼（Kremegne，1890—1981），白俄罗斯裔法国画家和雕塑家。爱泼斯坦（Epstein，1891—1944），波兰裔法国画家。基柯因（Kikoïne，1892—1968），白俄罗斯裔法国画家。纳勒瓦（Nalewa），不详，待查。

23. 沙娜·奥尔洛夫（Chana Orloff，1888—1968），生于乌克兰的法国犹太人，装饰艺术和形象艺术雕塑家。奥尔佳·萨夏洛夫（Olga Sacharoff，1889—1967），原籍俄罗斯（有波斯血统）的西班牙艺术家，与超现实主义运动关系密切。奥斯卡·米耶兹沙尼诺夫（Oscar Miestchaninoff，1886—1956），俄国雕塑家。

24. 应该是坦科玛·冯·明希豪森（Thankmar von Münchhausen，1893— 1979），他是德国的一位法学家，贵族出身，曾在巴黎上大学，后来负责出版了诗人里尔克的作品。

25. 居伊·德·普尔塔莱斯（Guy de Pourtalès，1881—1941），瑞士法语作家。

26. 希腊神话中，希腊英雄忒修斯曾经靠着阿里阿德涅为他提供的线团，逃出了牛头怪弥诺陶洛斯的迷宫。

27. 茹拉·拉兹（Jula Radt），德国女子，生平不详，是化学家弗里兹·拉兹（Fritz Radt）的妻子，历史学家斯蒂芬·拉兹（Stefan Radt）的母亲。本雅明跟她有通信关系。

28. 罗霍特（Ernst R. Rowohlt，1887—1960），德国出版商，1908 年创立了罗霍特出版社。

29. 安德烈·布勒东（André Breton，1896—1966），法国作家、诗人，超现实主义运动创始人。后文提到的《娜嘉》就是他写的作品，他还写有《超现实主义宣言》。

30. 布勒东 1921 年与西蒙娜·卡恩（Simone Kahn）结婚，1931 年离婚；1934 年与雅克琳娜·朗巴（Jacqueline Lamba）结婚，1943 年离婚；1945 年与艾丽萨（Elisa）结婚（1966 年布勒东去世）。

31. 巴黎的拉法耶特街（rue Lafayette）120 号：曾是法国共产党机关的所在地。《人道报》则是法国共产党的机关报。

32. 格里布依（Gribouille），最开始是指一个大众传说中的傻瓜人物，他因为害怕挨雨淋而跳进了水里。后来，在法语中，"格里布依"一词就用来指一种天真愚笨的人，为躲避一些小小的困难而没头没脑地冲向更大的困难之中。

33. 格里布依（Gribouille，1941—1968），法国女歌手，原名玛丽 - 法兰丝·盖泰（Marie-France Gaîté）。她从十几岁时就患有精神疾病，在一段时间里她被家人遗弃，在里昂一家精神病医院接受治疗。

34. 让·科克托（Jean Cocteau，1889—1963），法国诗人、小说家、剧作家、编剧、导演，是多才多艺的艺术家，对当时流行的种种艺术形式几乎都有所实践。

35. 让·佛兰（Jean Follain，1903—1971），法国作家、诗人。

36. "希望"一词的俄语为"надежда"，拉丁字母可写为"nadezhda"，娜嘉的名字（Nadja）确实是这个词的开头。

37. 保尔·艾吕雅（Paul Eluard，1895—1952），法国诗人，超现实主义运动的发起人之一。

38. 在法语中，"正直"是"braves"一词，也有"勇敢"的意思。

39. 《可溶解的鱼儿》（Poisson soluble）是布勒东的诗歌作品。最初，《超现实主义宣言》出版时，是作为该诗集的"序言"。

40. 路易·阿拉贡（Louis Aragon，1897—1982），法国诗人、小说家，超现实主义运动的主要成员，虽一度与运动决裂，但后来又重归。

41. 乌切洛（Uccello，1397—1475），意大利画家。

42. 圣日耳曼－昂－莱是巴黎西北远郊的一个城镇，有王室的城堡。

43. 在《娜嘉》的初版（1928）中，布勒东提到两个人住进了威尔士亲王旅馆。但在修订本中，布勒东删去了这段文字。

44. 皮埃尔·纳维尔（Pierre Naville，1903—1993），法国社会学家、超现实主义者。

45. 1926年前后，超现实主义运动中有过一次"清洗"浪潮，对那些不太坚定"共产主义革命"的成员有过不同程度的打击和清洗。

46. 安托南·阿尔托（Antonin Artaud，1896—1948），法国诗人、演员和戏剧理论家。其著作《戏剧及其重影》，提出了"残酷戏剧"的概念。1924年，阿尔托参加超现实主义运动，但不久就被逐出，当时，他跟布勒东进行了激烈的笔战。

47. 菲利普·苏波（Philippe Soupault，1897—1990），法国诗人，积极参与达达主义运动，也是超现实主义运动的创始人之一。他跟布勒东合写的《磁场》（1919）被认为是超现实主义运动最早的"自动写作法"的试验作品。1929年，苏波正式宣布与超现实主义决裂。

48. 马克斯·莫里斯（Max Morise，1900—1973），法国作家、演员、超现实主义运动成员。

49. 弗里达·卡萝（Frida Kahlo，1907—1954），墨西哥著名画家，以自画像著名，许多画作受到墨西哥传统文化的影响，使用明亮的热带色彩，体现出一种写实主义和象征主义相结合的风格。

50. 尼古拉·穆雷（Nickolas Muray，1892—1965），匈牙利裔美国摄影家，也是一名击剑运动员。

51. 托卢卡（Toluca）是墨西哥的一个城市，为墨西哥州州府。

52. 1937年，布勒东发表了一部叫《疯狂的爱》（L'Amour fou）的作品。

53. 安德烈·德兰（André Derain，1880—1954），法国画家。他和亨利·马蒂斯一起创建了野兽派，是20世纪初期艺术革命的先驱之一。

54. 安德烈·帕里诺（André Parinaud，1924—2006），法国记者、专栏作家、艺术批评家。

55. 爱德华·霍珀（Edward Hopper，1882—1967），美国画家，其作品以描绘美国当代生活的风景而闻名。

56. 夏尔·杜·博斯（Charles Du Bos，1882—1939），法国散文家、批评家。雷翁·皮耶尔－坎（Léon Pierre-Quint，1895—1958），法国出版人、文学批评家。让·卡苏（Jean Cassou，1897—1986），法国作家、艺术评论家、诗人，也是巴黎现代艺术博物馆的第一任馆长。1936年到1939年任《欧罗巴》的主编。马塞尔·布里翁（Marcel Brion，1895—1984），法国散文家、文学批评家、小说家、历史学家。让·巴拉尔（Jean Ballard，1893—1973），法国诗人、作家和编辑，1924年起主编《南方手册》。

57. 让·达尔萨斯（Jean Dalsace，1893—1970），法国妇产科医生，计划生育的积极鼓吹者。

58. 大吉尼奥尔剧场（Le Théâtre du Grand-Guignol）是巴黎皮加勒街区的一家剧院，1897年开业，1962年关闭，专门表演一些自然主义的恐怖娱乐节目。

59. 1920年5月5日，美国警察指控积极参加工人运动的意大利移民制鞋工萨科（Nicola Sacco）和卖鱼小贩万泽蒂（Bartolomeo Vanzetti）为波士顿地区一桩抢劫杀人案的主犯而加以逮捕。他们俩虽然提出了足以证明自己无罪的充分证据，但仍被判处死刑，并于1927年8月22日执行。后来，在国际社会的抗议下，马萨诸塞州州长组织法学专家，对该案进行了全面复审，最终于1977年7月17

日宣布萨科和万泽蒂无罪，恢复名誉。

60. 博尔吉亚（Borgia）是 15 和 16 世纪影响整个欧洲的西班牙裔意大利贵族家庭，也是文艺复兴时期仅次于美第奇家族的最著名的欧洲贵族。

61. 贝朗瑞（Pierre-Jean de Béranger, 1780—1857），法国诗人、歌曲作家。

62. 阿莱西亚（Alésia）本来是古代高卢的一个地方。阿莱西亚之战发生于公元前 52 年的九月，作战的一方是恺撒指挥的罗马军团，另一方则是高卢部落的联军。它是高卢与罗马之间的最后一场大规模战斗，标志着罗马赢得高卢战争的决定性胜利。

63. "流血周"，指 1871 年 5 月 21 日到 28 日法兰西共和国政府军对巴黎公社起义者整整一星期的血腥镇压。

64. 热尔曼·努沃（Germain Nouveau, 1851—1920），法国象征派诗人。

65. 路易·舍瓦利耶（Louis Chevalier, 1911—2001），法国历史学家、人口学家。《巴黎之谋杀》是他 1977 年的作品。

66. 巴黎的蒙帕纳斯大厦及近郊的拉德芳斯商圈，都是 20 世纪的现代化建筑群。

67. 中央菜市场（les Halles），曾被左拉描绘成巴黎的肚腹，1971 年，巴黎中央菜市场被拆除，后来被改造成大部分位于地下的多层商业和购物中心，于 1979 年开业。其地下则为巴黎最大的地铁枢纽中心。

68. 维克多·巴尔塔尔（Victor Baltard, 1805—1874），法国建筑师，曾设计建造了巴黎的中央菜市场和圣奥古斯丁教堂。

69. 博堡（Beaubourg），巴黎一地，1970 年代，那里建造起了著名的蓬皮杜国家艺术文化中心，它的外形类似一个石油化工厂。当初建造时，反对者认为这样一种建筑的形象实在太丑了，有损博堡（Beaubourg）的美称，因为这个词在法语中含有"美丽之埠"的意思。

70. 昂第尼亚克（Antignac）是法国康塔尔省的一个小镇，只有二百多人。

71. 勒·柯布西耶（Le Corbusier, 1887—1965），法国建筑师、室内设计家、雕塑家、画家。他是 20 世纪最重要的建筑师之一，功能主义建筑的泰斗。

72. 里卡尔多·波菲尔（Ricardo Bofill, 1939—），西班牙建筑师。

73. 雅克·希拉克（Jacques Chirac, 1932—2019），法国政治家，多年里多次连任巴黎市长（1977—1995），后来曾任共和国总统（1995—2007）。

74. 卢台特期是始新世的第二个阶段，距今已有四千多万年。

75. 白垩纪是中生代的最后一纪，开始于一亿四千五百万年前，结束于六千六百万年前。

76. 巴尔贝斯（Barbès）是巴黎的一个地名，在蒙马特高地一带。

77. 葛蕾妲·卡尔普鲁斯 (Greta Karplus, 1902—1993)，德国化学家。原名玛葛蕾妲·卡尔普鲁斯（Margarete Karplus），本雅明常常用昵称葛蕾黛尔（Gretel）来称呼她。她于 1937 年与阿多诺结婚。参见《不确定宣言 1》中的有关描写。

78. 马克斯·霍克海默（Max Horkheimer, 1895—1973），德国哲学家，法兰克福学派的创始人之一。关于霍克海默以及阿多诺跟本雅明的关系，可参见《不确定宣言 1》中的有关描写。

79. 台奥多尔·维森伦德·阿多诺（Theodor Wiesengrund Adorno, 1903—1969），德国哲学家、社会学家、音乐理论家，法兰克福学派第一代的主要代表人物，社会批判理论的奠基者。

80. 《驼背小人》（le petit bossu）是在法国很流行的一首儿童歌谣，本雅明的一部散文集以此为名。

81. 罗伯特·瓦尔泽（Robert Walser, 1878—1956），瑞士德语作家。瓦尔泽直到去世后，他的铅字手稿才被发现和公开，总计 526 张，字体仅 1 到 2 毫米，极难识别，所以被称为"微克"，即微缩作品。

82. 亚历山大·索尔仁尼琴（Alexandre Soljenitsyne，1918—2008），俄罗斯作家，诺贝尔文学奖获得者。

83. 本雅明也像瓦尔泽和索尔仁尼琴一样，喜欢把字写得很小很小。据说，他的一些手稿甚至能在一页纸上密密麻麻地写上一百行字。

84. 夏尔·诺迪耶（Charles Nodier，1780—1844），法国小说家、诗人，属于浪漫主义流派。

85. 奥古斯丁·蒂耶里（Augustin Thierry，1795—1856），法国历史学家。

86. 克洛维一世（Clovis，466—511），法兰克王国奠基人、国王。481 年，法兰克人部落萨利昂法兰克人的首领希尔代里克一世逝世，其子克洛维一世继任。486 年，克洛维打败了罗马帝国在高卢的最后一任总督西格里乌斯，独占整个北高卢，标志着法兰克王国的开国。占领北高卢后，克洛维放弃了日耳曼人所信奉的阿里乌教派，皈依了罗马天主教。

87. 都尔的格雷古瓦尔（Grégoire de Tours，538？—594），图尔地方的天主教主教，也是历史学家，著有传世名作《法兰克人的历史》十大卷。

88. 瓦尔哈拉神殿（Walhalla）是北欧神话中大神奥丁专门接待死者亡灵的殿堂。由奥丁神的侍女瓦尔基里负责挑选并迎接在人间战场上英勇牺牲的勇士的灵魂。据说，在神殿中，那些牺牲的英灵每天都要面对面地进行实战操练，到晚上却又像没有受伤的人一样欢宴狂饮。

89. 西哥特人（Wisigoths）属于哥特人，是日耳曼人的一支。410 年，西哥特人进入意大利，攻下罗马城，而后掠夺而去。

90. 勃艮第人（Burgondes）是日耳曼民族之一支，公元五世纪在高卢东南部罗讷河一带（今法国东南部）定居。约在公元 457 年建立第一个勃艮第王国。

91. 阿陶尔夫（Ataülf，公元 374—415），西哥特王，阿拉里克一世 (Alarik) 的弟弟。415 年受西罗马人的攻击，从高卢退往西班牙，同年在巴塞罗那遇刺身亡。

92. 即克洛维。见上文的注解。

93. 阿韦纳人（Arvernes），是高卢人的一个主要分支。

94. 比图里吉人（Bituriges）是凯尔特人－高卢人的一个部落，据称，"比图里吉"意为"世界之王"或"锻造之王"。

95. 法兰丝·加尔（France Gall，1947—2018），原名为伊莎贝尔·吉纳维芙·玛丽·安娜·加尔（Isabelle Geneviève Marie Anne Gall），法国耶耶（Yé-yé）歌手。

96. 查理曼的法语称呼是"Charlemagne"，而卡尔·马格努斯（Karl Magnus）则是把日耳曼语和拉丁语混杂在一起的称呼。

97. 这是一首著名的法语歌曲《我的爱》(L'amour de moy) 中的一句。

98. 这是法国诗人兰波的诗《感觉》。

99. 约瑟夫·傅立叶(Joseph Fourier，1768—1830)法国数学家、物理学家。路易·达盖尔(Louis Daguerre，1787—1851)，法国发明家、艺术家、化学家，原为舞台背景画家，后发明达盖尔银版摄影技术。约瑟夫·格兰维尔(Joseph Grandville，1833—1900)，英国医生、发明家。路易－菲利普(Louis-Philippe，1773—1850)，法国国王，1830 年到 1848 年在位，史称"法兰西人的国王"。夏尔·波德莱尔（Charles Baudelaire，1821—1867），法国著名象征主义诗人。乔治－欧仁·奥斯曼（Georges-Eugène Haussmain，1809—1891），法国城市规划师，见前文注解。

100. 汉娜·阿伦特（Hannah Arendt，1906—1975），德国犹太思想家、政治理论家。著有《极权主义的起源》。

101. 原文如此。据查，汉娜·阿伦特曾于 1929 年跟报刊作家君特·斯特恩（Günther Stern）结婚，但于 1937 年离婚。后来，1940 年，她又嫁给了德国诗人、哲学家海因里希·布吕赫（Heinrich

Blücher）。

102. 威利·哈斯（Willy Haas，1891—1973），德国编辑、电影评论家和编剧。

103. 弗朗索瓦·贝尔努阿（François Bernouard，1884—1949），法国出版商、诗人、剧作家。

104. 希尔薇娅·毕奇（Sylvia Beach，1887—1962），美国书商与出版人，她在巴黎创建了莎士比亚书店，出版了乔伊斯的小说《尤利西斯》。

105. 吉赛尔·弗伦德（Gisèle Freund，1908—2000），出生于德国的法国摄影师和记者，以纪实摄影及作家、艺术家的肖像摄影而有名。她最著名的著作是《摄影与社会》。

106. 乔治·丘克（George Cukor，1899—1983），美国犹太人电影导演。《八点的晚餐》是他 1933 年执导的喜剧片。

107. 让·波朗（Jean Paulhan，1884—1968），法国作家、文学评论家和出版商，曾经是《新法兰西评论》杂志的负责人。

108. 20 世纪初期，巴黎一度流行气压传递快信，即利用气压原理，在地下的管道中分站传送快信。

109. 约翰·雅各布·巴霍芬（Johann Jakob Bachofen，1815—1887），瑞士法学家和人类学家。

110. 这里的"台蒂"（Teddie）是对"台奥多尔"（Theodor）的昵称。台奥多尔就是阿多诺的名字。

111. 弗里德里希·波洛克（Friedrich Pollock，1894—1970），德国社会学家和哲学家。

112. 让·巴拉尔（Jean Ballard，1893—1973），法国诗人，作家和编辑。

113. 这里有文字游戏："滑稽可笑"一词的原文为"impayable"，跟"欠费未付"一词的原文"impayé"为同一词源。

114. 大象巴巴尔（Babar）是法国儿童读物中一个深受欢迎的动物主人公，最早出现在法国作家和插画家让·德·布伦诺夫（Jean de Brunhoff，1899—1937）1931 年的作品《巴巴尔的故事》中。它叙述一头名叫巴巴尔的小象离开丛林，造访大城市，然后将文明的益处带回丛林与同类分享。

115. 阿德丽安娜·莫尼埃（Adrienne Monnier，1892—1955），法国书商、作家，出版人。

116. 皮埃尔·克洛索夫斯基（Pierre Klossowski，1905—2001），法国作家、翻译家、艺术家。

117. 拉乌尔·奥斯曼（Raoul Hausmann，1886—1971），奥地利艺术家、作家。

118. 长枪党（phalangiste），又称长枪会党，于 1933 年 10 月创建，是西班牙的法西斯政党。

119. 艾利·福尔（Élie Faure，1873—1937），法国艺术史学家和随笔作家。著有《艺术史》。

120. 路易斯·布努埃尔（Luis Buñuel，1900—1983），西班牙电影导演、剧作家、制片人。代表作有《一条安达鲁狗》《白日美人》《资产阶级的审慎魅力》等。

121. 雷翁·勃鲁姆（Léon Blum，1872—1950），法国左派政治家、社会党人。他在 1936 年成为人民阵线联合政府的领袖，担任总理。由于坚定地反对亲德的维希政府而遭到逮捕，监禁到 1945 年才获释。

122. 人民阵线（Front populaire）是 1935 到 1938 年法国左翼各党派和群众团体为反击法西斯势力、实行社会经济改革而组成的统一战线。1935 年 7 月 14 日，法国的社会党、共产党等政党和各大工会组织发起了全国规模的反法西斯示威，并决定起草统一左翼各党派行动的共同纲领，人民阵线遂告诞生。1938 年 10 月慕尼黑协定签订后，人民阵线公开分裂，此后名存实亡。

123. 米歇尔·莱里斯（Michel Leiris，1901—1990），法国超现实主义作家。罗歇·卡尤瓦（Roger Caillois，1913—1978），法国文学批评家、社会学家、哲学家。乔治·巴塔耶（Georges Bataille，1897—1962），法国哲学家，被视为解构主义、后结构主义、后现代主义的先驱。

图书在版编目（CIP）数据

不确定宣言 . 2, 本雅明在巴黎 / (法) 费德里克·
帕雅克著；余中先译 . -- 成都：四川文艺出版社，
2021.10
　ISBN 978-7-5411-6075-2

　Ⅰ . ①不… Ⅱ . ①费… ②余… Ⅲ . ①传记小说—法
国—现代 Ⅳ . ① I565.45

　中国版本图书馆 CIP 数据核字 (2021) 第 137658 号

MANIFESTE INCERTAIN VOLUME 2, by Frédéric Pajak
© 2013 Noir sur Blanc, Lausanne
Text translated into Simplified Chinese © 2021 Ginkgo (Beijing) Book Co., Ltd
This copy in Simplified Chinese can be distributed throughout The World, hereby excluding Hong Kong,
Taiwan and Macau.
Simplified Chinese language edition published by arrangement with Noir sur Blanc, through The Grayhawk
Agency

本书简体中文版权归属于银杏树下（北京）图书有限责任公司
版权登记号：图进字 21-2020-383 号

BUQUEDING XUANYAN 2: BENYAMING ZAI BALI
不确定宣言 2：本雅明在巴黎
[法]费德里克·帕雅克 著
余中先 译

出 品 人	张庆宁
选题策划	后浪出版公司
出版统筹	吴兴元
编辑统筹	周 茜
责任编辑	李国亮 邓 敏
特约编辑	张媛媛 雷淑容
责任校对	汪 平
装帧制造	墨白空间·郑琼洁
营销推广	ONEBOOK

出版发行	四川文艺出版社（成都市槐树街 2 号）
网　　址	www.scwys.com
电　　话	028-86259303（编辑部）
传　　真	028-86259306

印　　刷	天津图文方嘉印刷有限公司		
成品尺寸	172mm × 240mm	开　本	16 开
印　　张	38	字　数	150 千字
版　　次	2021 年 10 月第一版	印　次	2021 年 10 月第一次印刷
书　　号	ISBN 978-7-5411-6075-2	定　价	180.00 元（全 3 册）